新生叶小青

李建树 ◎ 著

宁波出版社
NINGBO PUBLISHING HOUSE

图书在版编目（CIP）数据

新生叶小青 / 李建树著. —— 宁波：宁波出版社，2019.3
ISBN 978-7-5526-3437-2

Ⅰ.①新… Ⅱ.①李… Ⅲ.①长篇小说-中国-当代
Ⅳ.①I247.5

中国版本图书馆CIP数据核字（2018）第300230号

新生叶小青
XINSHENG YE XIAOQING

作　　者	李建树
出版发行	宁波出版社
	宁波市甬江大道1号宁波书城8号楼6楼　315040
印　　刷	宁波白云印刷有限公司
责任编辑	朱璐艳
责任校对	尤佳敏　周真渝
封面设计	金字斋
插　　画	万　里
开　　本	889mm×1194mm　1/32
印　　张	7.5
字　　数	170千
版次印次	2019年3月第1版　2019年3月第1次印刷
标准书号	ISBN 978-7-5526-3437-2
定　　价	29.00元

如发现缺页或倒装，影响阅读，请与出版社联系，电话：0574-87248279

（版权所有　翻印必究）

1996年8月,在书房工作。

作者简介

李建树,1940年12月出生于浙江宁波,1966年毕业于浙江大学机械系,系中国作家协会会员,宁波作家协会名誉主席,《文学港》杂志名誉主编、编审。曾获"宁波市有突出贡献专家"称号、"宁波市儿童工作先进个人"称号、首届"宁波中华文化人物"称号。

文学创作三十余年来,出版有长篇校园小说《旺堆的世界》《金十字架》《快乐大院的故事》《校园明星孙天达》《螳螂捕蝉黄雀在后》《石沉大海》《真情少年》等;儿童文学短篇小说作品集、百年百部中国儿童文学经典书系《蓝军越过防线》;儿童文学短篇小说作品集《走向审判庭》;儿童文学中短篇小说集《李建树儿童文学作品选》《高一新生》等;少儿版长篇名人传记《曹雪芹》《达·芬奇》等多部。

儿童文学短篇小说作品集《走向审判庭》曾获第二届

全国优秀儿童文学奖（儿童文学领域全国最高奖）。

一些短篇小说、童话、散文分别被《儿童文学选刊》转载至海外，获《儿童文学》杂志、省、市优秀文学作品奖。

李建树儿童文学作品先后获国家级、省市级文学奖共计 40 余项。

内容简介：

本书描写了少女叶小青和少年刘大柱共同成长的故事。与"继母"之间的激烈矛盾，使叶小青精神抑郁，学习成绩下降，父亲叶建国不得已将乡下的学霸表弟刘大柱接到家中作为叶小青的伴读。经过一段时间的共同相处，叶小青的学习成绩有了明显提高，但家庭矛盾仍然无法缓解，于是叶小青离开上海住到了刘大柱的老家，两人还成了洛镇中学同班同桌的同学。

青山绿水、淳朴的乡情、友善的同学、和睦的家庭气息……乡下的生活，慢慢扫除了叶小青内心的阴霾，使叶小青内心的良善得到了充分的激发。她的一些不起眼的小小善意不断地汇集，如同烟火般绚烂璀璨，指引着叶小青在黑暗中前行，让她走出困境，重获新生。

1995年9月,《文学港》创刊百期纪念。

1999年12月,在故乡老屋门前,《新生叶小青》里刘大柱家门前的描写曾受此启发。

2004年6月,在绍兴鲁迅故里。

2004年4月,岳父、舅子、妻子在上海家中团聚。

1996年5月,海峡两岸儿童文学作家、评论家相聚在宁波。左起李建树、方卫平、管家琪、桂文亚、汤锐、王泉根、孙建江、班马。

1992年9月,与著名儿童文学作家陈伯吹先生交谈。

1996年8月,与鲁迅爱子周海婴先生相会宁波。

1997年7月,电视剧《长大成人》开机仪式上与小演员合影。

2001年6月,女儿一家。

2004年5月,儿子一家。

2007年8月,小哥俩在香港迪士尼乐园玩。

1996年7月,在新疆昭苏草原与维吾尔族小朋友在一起。

2003年,在宁波海曙中心小学为小读者签名。

2005年，在宁波慈城中心小学为小读者签名。

2000年5月，与中国作协副主席高洪波合影。

2000年5月,与上海少年儿童出版社总编辑周基亭合影。

2006年6月,与儿童文学作家朋友合影,左起孙建江、周锐、韦苇、李建树。

2002年11月，与全美中国作家联谊会会长、小说家冰凌先生，于美国尼亚加拉瀑布前合影。

1992年5月，在北京与台湾著名作家林良先生（中）合影。

位于英国中部的斯特拉福德镇,因是莎士比亚的故乡而成为举世闻名的旅游城市。

1996年10月,在莎士比亚故居门前。

目 录

Contents

第一章　　　刘大柱离家去上海 / 001

第二章　　　叶小青家是这样子的啊 / 021

第三章　　　在战争中化敌为友 / 039

第四章　　　叶小青决定去乡下 / 051

第五章　　　离开上海来到刘庄 / 075

第六章　　　在乡下祭灶、谢年 / 085

第七章　　　欢天喜地过新年 / 095

第八章　　　我们野炊去吧 / 121

第九章　　　你好，新学校 / 149

第十章　　　校民共建新洛水大联欢 / 169

第十一章　　美丽的教育故事在继续 / 191

第十二章　　叶小青走上了红地毯 / 207

附　录 / 223

后　记 / 231

第一章 刘大柱离家去上海

初中生刘大柱的妈妈李英这几年身体一直不太好,这病那病的,很不太平。这次大柱的姨爹叶建国开着自家高档轿车来到镇上的刘庄,就是来看望他那生病的"干姐"的。

这个行为既带有叶建国有恩必报的一贯准则,另外也难免带有一点兴旺发达后衣锦还乡到洛水小地方来炫耀一番的意思。

一辆锃亮的黑色小轿车气派地停在刘家大门前。这辆小轿车显得那样乌黑油亮,一停下就引来了一帮小孩子的围观。他们先是在那里东摸摸西摸摸,然后又歪着脖子东照西照。突然,一个名叫木木的小孩发现自己的影像出现在汽车黑亮的外壳上,于是兴高采烈地招呼其他小朋友:"胖胖、弯弯、妞妞,你们快过来看哪!这汽车都能当镜子照呢!"

于是大家一起跑过来,对着汽车先看看木木照出来的样子,然后胖胖找了个好位置也睁睁眼、鼓鼓腮帮子地照了起来。弯弯则是伸伸舌头、挠挠头皮地照,还抱起跟着他来的小狗白白,让它也对着小汽车的外壳照了照。那小狗白白一看见自己的样子出现在汽车上,竟以为是自己的死对头追到它面前要来咬它,就很凶狠地张口大叫起来:

"汪,汪,汪汪汪,汪,汪汪汪!"

妞妞先是拉着小辫子笑笑,之后一扭头对着白白大声地回叫了一声"啰!",吓得白白马上闭了嘴,只轻轻地"呜"了一声,就立即强扭着身子挣下地,飞快地跑开了。那个原本长了一对眯缝眼的胖胖,这时正努力地睁大眼睛照着,由于汽车外壳的弧形放大了他的眼睛,他向站在旁边的妞妞说:

"看我,这不是也变成大眼睛哥哥了吗?"

妞妞说:"是呀,是呀!你的眼睛怎么一照就变大了呢?"

胖胖高兴得直拍手,还转身到花坛里摘来一朵草花插刘妞妞的头发上。妞妞屁股扭扭,又去照了照,果然看见自己头上有了一朵红花,看过去别提多美了,乐得"哈哈哈"笑个没完,还拍着小手边跳边唱起了"一拍一,二拍二"的儿歌。大家玩得真开心。

大柱妈妈一边在车前车后照看着那一帮男孩女孩,不让他们弄坏小汽车,然后又去招呼叶建国。看他从车子后备厢里提下来大包小袋的礼品和专给干姐和干姐夫吃的保健品,她显得十分高兴,于是赶紧帮着拎起堆在车后地面上的东西,带着叶建国一起进屋去喝茶聊天了。

在洛水镇乡下,早年间谁家来了一位上海客人,就如今天的地方工厂老板偶然接待一个来自大洋彼岸的大总裁那样稀罕。

李英带着叶建国进屋,很隆重地向他介绍她家的一个个成员,而那个叶建国竟也摆出电视新闻上常见的接见外宾的派头,抬起右肩,很用劲儿地与他们一个个握手寒暄。相互问候之后,大家安坐下来。喝着茶,刘大柱的妈妈——洛水镇

叶建国到洛水镇看望干姐李英。姐弟俩坐着喝茶聊天,李英手指墙上的奖状,吹嘘儿子刘大柱如何出色,年年考第一名。叶建国则想着要将刘大柱带到上海给女儿叶小青当伴读。

的地方警官李英同志一时间找不到聊天的话题。就这样陪着叶建国干坐了一会儿之后,实在感到无话可说,不知怎么就开始讲起了自己的儿子刘大柱,跟她的这个叶建国妹夫(那时经她介绍,其亲妹妹李珍成了叶建国的老婆)吹起牛来。中心意思是说她的宝贝儿子刘大柱在学校念书是如何如何出息,书是读得一等一的好,总考第一名,在家又特别懂事孝顺,等等。

她边说边指着墙壁上贴着的一张张大小奖状,证明她儿子大柱的确是小镇上的三好学生,并且是本地唯一一个作为学生代表被推送到省里去出席过学代会并得过大奖的学生。在这个家,能令大家感到骄傲和安慰的,也唯有大柱这个特别争气的儿子了。

这样的介绍,令刘大柱真是难为情得无地自容。因为大柱知道,那上面贴着的,尤其是"第一名"三个字写得很大的奖状,实际上不过是他参加校运会得的几个不起眼的项目奖,比如推铅球、扔标枪。如果光这么说说倒还可以理解,因为大人们坐到一起,都爱说说自家的子女,或是如何有出息,或是如何不成人样等,然后叹息一番,或骂一句,或夸几句,都是现实生活中常见的情景。但这天的聊天却明显不同,尤其聊到后来,大柱明显感到有点不对劲了。因为他妈妈突然话锋一转,莫名其妙地向她这个妹夫倒起了苦水:

"唉,建国啊,你可有所不知呀。你姐我这个不争气的身体,一身的病痛已经折磨得我想死的心都有了,你干姐夫又没本事、没学历,弄得个下岗失业。屋漏偏逢连夜雨,你姐夫去年体检还意外地查出了个恶性病——胃癌,一次手术花的钱就得十几万!真把我们家的所有老底都掏空了……我是彻底

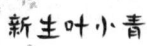

地想明白了。

"我反正是连死都不怕,还怕什么呢?唯一担心的就剩眼前的这个儿子大柱了。这么聪明的一个孩子,正是要上学争前程的关键时刻。现在社会上很多人都在说什么'寒门出不了贵子',对这种鬼话,我是完全不信的!要说出身寒门,你叶建国可说是出生在最穷最苦的家门了,但结果怎么样?还不是通过你个人的努力,当上了上海外滩高楼里一家公司的总经理,成了硬碰硬的'贵子'啦?

"我想我们家大柱从小就这么聪明能干,如果现在花本钱供他好好读书,高中、大学一路读上去,将来在城市里工作生活,当科学家、当教授,或者回乡进政府单位当干部,不是也成了硬碰硬的'贵子'了吗?

"可是呀,现在家里经济这么困难,我真犯愁。不管他爸爸治疗结果怎么样,我是都要陪着他走完整个治疗过程的。他得病以来我一直寸步不离地在他身旁照顾着。住院期间,不论白天黑夜,我都坐在他身边陪护,累了就在躺椅上凑合着休息。他在病床上有一点点动静,我都会立即跳起来去照看他,有问题就马上到护理站找值班护士或医生来处理。

"唉,要说我们这个儿子大柱,可真是既懂事又孝顺啊。在他爸爸住院动手术治疗的时候,他天天跑来帮我陪护。按道理说,十来岁的男孩子,正处在放学后最喜欢往外跑跑玩玩的年纪,可我们大柱却不这样。他一放学就背着书包来医院住院部看他爸,进病房后先伸手摸摸他爸的脑门看热不热。见没有特别症状,就放我的假,让我赶紧回家做饭,说医院这边就由他在爸爸身边陪护着,让我尽管放宽心回去,还跟我说:

'妈妈你先歇口气,路上走好,不要一心两用,尤其要小心别让人家的车子撞到你。'

"大柱每天来医院,还会主动跟我们讲开心的事情。像学校老师表扬他了,上次小测验得 100 分了……老师说了,只要他的成绩能长久保持下去,保证能考上最好的大学。跟我们俩聊一会儿天之后,他就会抓紧时间拿出当天的作业本,伏在医院的小凳子上认真做作业。

"你姐夫做完手术,医生还安排他做后续治疗。那些医药费,一笔笔可都是要钱哪。可怜你姐夫,混到现在也没有公费医疗,按新农村合作医疗保险的规定,只有部分药品可以报销,而化疗所需的药物等又大多需要自费,新农合的那一点点补助,真是连一点零头都补不足的呀!"

她接着又说:"幸亏我们家前些年省吃俭用,总算有一点点小积蓄,这回为了给大柱他爸治病就都投了进去。这当然是应该的,我怎么能看着癌细胞在他爸身上到处扩散,而不给他做进一步的治疗呢?只是这么一来,就实在没钱再供儿子上更好的学校了……"

大柱听妈妈说这一番话时,脑中不由自主地想起了那件让他难受的事。那一回学校要交书费,大柱向妈妈要钱,妈妈没钱。怎么办呢?不交书费,开学可就发不到教科书啦。大柱急得直哭。后来妈妈只得拿了她一枚小小的婚戒去换现钱,才总算让他交上了书费。当妈妈的,再苦再难都不愿意耽误儿子的前程哪!

妈妈说着说着,眼泪就流了下来,可见是动了真感情的。而大柱爸爸一副山穷水尽的样子,只会陪坐在一旁唉声叹气。

妈妈又说:"我们没有能力和精力去特别培养大柱,也就是我们家里和睦的氛围,对儿子专心学习和成绩提高能有一定的促进和帮助。总而言之,不管生活多么艰难,我们一家人在一起总是感觉很幸福很亲密的,绝不让儿子回家时感到有压力而分散他读书的精力。"

这时叶建国开口说话了:

"嗨,大姐、姐夫,你俩都别担心了。外甥读书的事,不是还有我嘛!"

大柱妈那天突然变换的话题歪打正着,引起了叶建国的极大兴趣,只见他马上用上海普通话问刘大柱妈妈:

"姐哎,大柱现在读的是几年级咧?阿是初二吗?"

妈妈赶紧回答说:

"是呀,是呀。就是初二呀。"

叶建国马上跟着说:

"那正好了。我家女儿叶小青正好读的也是初二!这就好办啦!我看这样子吧,你家大柱上学的事以后就由我来管吧!我这次就把他带到上海去,让他陪着我家小青一起读初中,然后再一级一级地读上去。我保证培养他到大学毕业参加工作。"

叶建国接着说:

"我家的那个小鬼头女儿很不争气,古灵精怪的,聪明过头,玩电脑玩手机都自己动手,根本不用人教,只有书却怎么也读不进去,成绩总在全班最后几名。放学了,作业不肯好好做,就喜欢各处乱跑,不是跟着男生去电影院看电影,就是跑到那些女同学家去神聊胡侃。

第一章 刘大柱离家去上海

"如果大柱能带着她一起进步的话,那不就两全其美啦!大姐、姐夫,我'将将'说的这几句话,可是认真的。一会儿我就想开车带你们儿子去上海,你们要么马上准备下,让他跟着我的车走吧?

"你们可别舍不得哦!"

叶建国说得一时兴起,上海普通话也说得有点荒腔走板,竟将"刚刚"两字说成了"将将",这就听得刘大柱云里雾里了。而他爸妈却像电视剧里的魏东亭,脸上的表情有点……大柱还记得电视剧里的那一幕:当年康熙皇帝对他的老臣魏东亭说"让你的这个小孙子跟我进宫吧,陪太子读书"。魏东亭当即扑通一声跪了下去,嘴里高呼"叩谢皇恩"。

大柱爸爸当然不是魏东亭,叶建国也不是康熙皇帝,所以大柱爸爸没有下跪。但也不怪他激动:现在上学得花多少钱哪!不仅开学要交一大笔费用,隔三岔五地要交这个费那个款的。他自己治胃癌更是要花大钱,因此家里经常是愁云惨雾的。

而大柱每次放学到家向爸妈要钱,就像是参加百米赛跑似的,得事先憋好一大口气,才敢张嘴向爸妈报账,以便讨到学校规定的钱,一次性地足数交上去。这才能保证自己在下一学期能正常到学校去报到上课,与其他同学一样收到新教材、新习题本。

对初中生刘大柱来说,今天发生的这件事的确显得有点突然。

原本他以为几个大人只是难得有空坐在一起喝喝茶、聊聊天,说说空话、寻寻开心,谁料叶建国姨爹要动身返回上海时,突然转过身来半真半假地一把将原本坐着的刘大柱拉了起来,说:"你起来、起来,咱们这就动身到上海去!"

大柱就这样被这个他叫"姨爹"的男人生拉硬拽地拖出了大门,并被推进了那辆"乌龟壳"。大柱还没怎么坐稳呢,他妈妈已经把他的书包和另一个大包扔进他的怀里。那黑得发亮的小轿车就像一条冷不丁被人扎了屁股一针的黑狗子似的,先是嗖的往前一蹿,紧接着就不管不顾地响了一声喇叭,沙沙沙地往前开出村子了。

坐在车里的大柱,此时才有心思回味大人们刚才的一番谈话内容,想到如果这个姨爹真能支持自己顺顺利利地读完中学、大学,那真是太好了。

刘大柱窝在车后座里,起先还东张西望着,想着说不定能在路上看到几个同学,那他就可以按一下自动开关落下车窗玻璃,然后伸出头去挥挥手跟他们打招呼说再见:

"我要去上海读书啦!再见啰,同学们,下次我回来,请你们吃上海的零食哦!"

毕竟,在刘庄这么个小地方,能坐着小汽车出远门的机会还是不多的,大柱难免想炫耀一番。然而大柱在心里挥了半天手,却连一条狗都没看见。出了村子后,他自己反倒没出息地渐渐迷糊起来,于是索性闭上眼什么都不看,伸开双腿,舒服地靠在柔软的汽车靠背上半躺着,只将自己的脑洞打开——默默地思索起几道数学题的新解法来。

这时小汽车已经驶上了高速公路,开得风驰电掣般,家乡一会儿就被远远地甩在了后边。想到以后再也不能天天看到爸爸妈妈,他心里还真有点不是滋味。但只要一摸到放在双腿上的书包,他那颗悬着的心马上就安定下来了。他真是一个特爱读书的男生哪!

另外,他当然也仔细地回想了一番有关这位上海姨爹叶建国的故事。

有关他这个上海姨爹,以前可真没少听他妈妈和刘庄的人说起。现在他稍一回忆,就记起这人还是妈妈八竿子打不着的干弟弟,所以大柱也可以叫他舅舅。不过,后来他妈妈做主将自己的亲妹妹李珍嫁给了他,这才亲上加亲,让原先的干弟弟变成了她的亲妹夫,而叶建国也顺理成章地成了她儿子刘大柱的亲姨爹。

那时妈妈年轻,身体也好,有一份在派出所管户口的工作,是一个很了不起的有正式编制的户籍警。老百姓的生活总是与户口联系在一起的,凡是出门打介绍信,还有起名字、报户口等都得找她才能办成,所以李英的名声在当地是响当当的。人们可能不认识派出所所长,但不会不认识李警官。

据说这位大名叫叶建国的姨爹出身其实是很苦的,要说他的成长史,就像老话里说的"小秧儿没娘,说起来话长"。

他五岁时爹娘就因遭遇一场意外而双双丧命,于是他就成了一个可怜的孤儿,依靠爷爷不多的退休金,两人过着艰难的低保生活。爷爷年纪大了,管不住他,所以实际上他从小就像个流浪儿,自由散漫地慢慢成长起来。

像这样的男孩,若不是天生的读书种子,一般是读不好书的。他上中学时的表现毫不令人意外的差劲:逃学、打架、耍赖皮、捉弄老师等不良行为,没一样落下的。

一个人的成长好比一棵长在山地里的小树苗或竹笋,虽然经受着各种风霜雨雪,亦受到乱石的倾轧挤压,但既然扎根在土壤里了,总还是会一节一节地往上挺身慢慢地长起来。可怕的是一个调皮男孩的不良行为,也往往会伴着年龄的增长而严重起来,严重到有一天他意外得罪了一帮社会上的小流氓而被他们追杀。

他自小生活条件很差,常常吃不饱、吃不好,身体一直不怎么强壮,打架没力气,最终因打不过人家而被逼到了一条死胡同。这种角落,连过路人都见不到一个,就只能任由他们乱打了。他想起来反抗,但想是这么想,然而力不从心哪!这可怎么办?就这么让这帮家伙打死打残吗?

他急中生智,想起自己认识一个在派出所做户籍警的名叫李英的警官,于是急忙报出了那位民警的名号,并吓唬那些小流氓说:那是我大姐,你们打吧,我打不过你们,但我会一个一个记着你们,以后一个报告打过去,她一定会指挥一路人马来抓捕你们的!巧的是那几个小流氓还真知道当地派出所里的确有个名叫李英的警察,于是只得叫骂着放过了他。叶建国这才逃过一劫。

事后,聪明的叶建国专程上门去答谢李英警官。因为还记得向人家吹牛说过"那是我大姐"的话,觉得应该让此事落到实处,于是便真诚地认李英做了他的"干姐",作为自己的保护伞。

这位警察姐姐后来还真很敬业地按叶建国报案所提供的名单,去找齐了那几个小流氓,对他们说:"你们的名字已经统统在所里备了案,以后再不许欺侮我们这个片区的孤儿叶建国,以及片区里所有的残疾人和老年人。弱势群体都是受政府特别保护的,而我在这个片区里就是负责这项工作的,所以你们一个个都给我老老实实地待着,不许胡作非为。我们派出所里有上百个协警,他们个个五大三粗,功夫了得。"一席话吓得这帮小流氓个个低下了脑袋。从此李英管辖的片区就成了市里"抓治安、保稳定"的样板片区。

　　李英有个名叫李珍的亲妹妹。这个李珍阿姨人长得不好看,平时又爱耍点小心眼,性格不好,所以一直没交上男朋友。李英见叶建国这小伙儿虽然像个孤儿似的没根脚,条件也不怎么好,但从实际表现来看,这人倒还有情有义,懂得知恩图报,且个子相貌也还说得过去,与自家小妹倒是挺般配的。于是好事做到底,索性将自家妹妹介绍给他认识。两人自此开始处起了朋友。叶建国受李英搭救逃过一劫,之后就像突然梦醒,成熟了起来。尤其平时受到小心眼女朋友李珍的严加管束,更无法再淘气了,空闲时还知道找几本有关企业财务管理方面的书来学习学习。后来,经大柱妈妈推荐,他跟着本地一位做建筑工程的包工头去了上海打工,进工程队当上了钢筋工。

　　那时,民工们按工程队的分派去上海外滩的货运码头提货出苦力是家常便饭。叶建国尚未成家,且年轻有力气,所以很乐意做提货工,因为这样他就有了搭便车去上海大码头看风景的好机会,同时,他总觉得冥冥中天上会掉下好运来。

　　这天说来也像命中注定似的,搬完钢筋,一帮小年轻都吵着要上码头边的一家小饭店去喝酒。他们也来拉叶建国,说:"叶哥,走走走,难得来一回外面,定要去喝一回酒,吃一盘油焖大肠头。反正我们各付各的,不会让你当冤大头的。"

叶建国从小跟爷爷过惯了苦日子,知道凡事俭省的道理,还经常想起爷爷说的话:

"你爸妈走得早,爷爷以后还指望你养老呢!"

所以这种吃吃喝喝的活动他基本都不参加的,于是就说了几个理由,回绝了他们。

他一时无事可做,慢慢走到护江堤前,想到墙根那儿安静地待一会儿。这个地方很安静,有人在那儿搭了个沙发状的石块椅子,估计是游客自己搭来休息的,叶建国赶紧往那大石块椅子上坐下来。刚一坐下,就感到自己的脚后跟硌着了什么东西,还软软的温温的,有点吓人!他自小就怕死猫死狗,就怕他脚后跟碰到的正是自己最讨厌的那种从江上漂过来停留在护江堤下的死猫死狗的尸体。于是他赶紧站起来细细察看,却发现那是一只黑色的提包。这是怎么一回事?他喊了一嗓子:

"喂,这是谁的提包?谁的包忘这儿了,没拿走啊?"

连喊了两遍都没人应,他就弯下腰去把包捡了起来,这是一只很轻的瘪瘪的没有装什么东西的包,包上的拉链都没拉紧,袋口就这么难看地大敞着。他又低头一看,这才发现里面竟然有两沓钱,看样子像是刚从银行取出来的,钱上的白纸带都还绑着。这是多少钱呢?一万?两万?看到钱,叶建国心都揪紧了。这,这这这!今天是什么日子?发财日?这么多钱,捡回去自己花的话,就可以给李珍买一只婚戒,马上跟她结婚了。今后,即使跟爷爷一起生活,三人一起节俭着过日子,起码可以安定一年半载。

然而一想到爷爷,他马上觉得这事情似乎有点不是滋味了。因为爷爷尽管艰难地拉扯着他长大,捡菜帮子、菜叶子吃,平时节约得连自来水都舍不得用,宁可拖着一条病腿去小河边洗衣服,拎水回家冲马桶、擦地、打扫卫生,却时时提醒他:"建国啊,一个人要像寒冬的蜡梅,越是困苦,越要开出娇艳的花朵来。做人总归是要做,钱得自己花力气通过劳动去挣,再苦再累也不怕。只要凡事行得正做得直,晚上睡在床上问心无愧就好。那种偷、抢、拐、骗和不劳而获所得的钱财是要害死人的,千万不能要!"

叶建国想,说不定这些钱是人家要去医院治病才取出来的现金呢,那丢钱的人不是急得要哭着跳江了?

这钱不能要,赶紧找这包的主人吧。于是他马上在包里翻了翻,看看有没有什么证件和地址之类的线索。

没承想还真在包里找到了失主的身份证和几张银行卡。啊!还有银行卡,银行卡里可能有不少钱啊。这可不得了,丢包的人真是要急死了,这只包简直是一座富矿。

幸亏他一直受到爷爷和李家姐妹关于做好人的教育,良知没有泯灭,所以他那时对这意外之财一点没敢动心,倒是当即想到丢包的人不知该有多么着急,自己怎么才能帮人家一把。

包里还有一本工作日志。在这个本子上,叶建国找到了失主的地址、电话和工作单位,然后他就按那上面所记的电话号码联系上了丢包的人,打车将手包送上门去,把那位失主感动得老泪纵横。

失主老先生是上海一家颇有名气的大唐贸易总公司的董

事长,名叫庄人杰。这位庄董跟叶建国说:"你这个年轻人真不错哩,你说我该怎么感谢你才好呢?要么你捡到的这沓钱就给你用吧?"

叶建国当即谢绝:

"不,庄董,我不要钱。我在上海打工,拗拗钢筋,累是累点,但我年轻有力气,吃饭钱还是挣得到的。再说我做这事真的不是为了钱。"

叶建国又说:

"我根据身份证上的出生年月来推算,发现您的年纪应该比我爷爷还要大了。讲到我爷爷,虽是退休多年的老头儿一个,平时也没啥大事,可他这人却特爱着急。他要是掉了包,找不到身份证的话,起码要一夜睡不着,三天不安宁,弄不好血压升高,心脏病发作,命都难保!"

一席话说得老先生哈哈大笑。笑过之后,他又仔细问了叶建国的情况,最后说:

"这样,你不肯收钱,也行,我就成全你做了这么一件大好事。但今晚我就请你在我家吃饭,好好陪我喝一杯。这总可以吧?"

叶建国当即表态:

"好好好,现在我回工地也吃不上饭了。"

喝酒时老先生跟叶建国说:

"你反正在上海打工,何不到我公司来上班?现在这世道,像你这样诚信又实在的年轻人,还真不太好找。我看中你了。"

叶建国愉快地接受了老先生的邀请,第二天便去那个建筑工地辞了工。之后,他就踏踏实实地在老先生的那家公司上班了,并且一下坐进了外滩现代化的高层办公楼中的一间办公室,学用电脑发 E-mail、做报表,当上了公司白领。

后来,庄董又破格提拔他担任总公司下面一个业务部的经理。叶建国工作得十分努力,再加上他有一点天分,将那个部门的业务经营得风生水起,深得庄董的欣赏。第二年,庄董就将那业务部升格为具有独立法人资格的二级公司,仍交由叶建国打理。这一来,叶建国身上有了重担,工作也就更卖力了。

不过三年,叶建国日积月累的,终有所成,一跃成了上海滩小有名气的小老板,也就是俗称的民营企业家了。

且说当年政法部门正在开展"树新风,挽救失足青年"运动,洛水女民警李英帮助当地孤儿叶建国成功脱离流氓团伙走上正道,脱胎换骨当上公司总经理的故事越传越神。经当地群众全力推举,刘庄片区很快成了全市治保样板区。那年,李英还得了个全市政法系统"人民贴心好民警"光荣称号。

政法系统内有一位名叫刘玉树的协警(系刘庄当地农民)慕名而来,先是向李警官取经学习,后来两人合作成立了一个专门寻找丢失儿童的"打拐办公室"。这是一个工作十分复杂又十分艰苦的机构,正是这份艰苦的事业让他俩走到了一起,那刘玉树便成了日后的大柱爸爸。

叶建国作为一家经营业绩良好的贸易公司的总经理,开始时非常节俭。比如外出,一般老板都是让公司的专职司机开着公车风光上路,但叶建国却不这样。一是他的公司当时还没配专职司机,平时外出办事,他都是很低调地自己开车。这与他年少时,在刘庄像个孤儿似的过着苦日子的成长经历有关。他的想法其实很简单也很朴素,作为公司的老总,他将平时在公司上班看成住家过日子一样。过惯了苦日子的他,平时在公司的开销能省一分是一分,他的公司办公楼里连用电用水都是极其节约的。这样几年下来,公司的创利计划一直都完成得很不错,因而常受到总公司庄人杰董事长,也就是他人生中第二个大恩人的表扬,并被树为公司里的典型。

然而随着时代发展,社会风气演变,叶建国的思想作风也开始跟着变化。俗话说"有样看样",学"坏"总是很容易的。比如说这些年,社会上凡是有点身份的企业老总或政府官员,出门多半跟着个拎包的。这些拎包的,不是小车司机,就是男女秘书。在很多场合,叶建国常常为自己的清苦而感到有失体面,最后他终于按捺不住,接受了一位贸易界同行好友的劝说,决定公开向社会招聘女秘书了。

由于公司实力雄厚,年年盈利,多年来在上海滩一直享有盛名,所以他们的招聘广告一登,应聘者如云。经初步筛选,最后进入公司总经理面试环节的尚有近20名之众。按叶建国的想法,一个小秘书,只要能写写算算,一手硬笔字还中看就可以了。那么,关键就在外貌和气质了。

于是,按他的标准,经过一番挑选,一位名叫金曼丽的前女模特成了他的女秘书。

艰苦奋斗了半辈子的叶建国,怎么也没想到这女子进入他的公司后,毁了他的家庭。

这个金曼丽,在外面风情万种,事事周到;在公司事务上也尽心尽力,更不时借工作之故拜访叶建国,对他关怀备至。

叶建国原本就和小心眼的大柱小姨不甚对付,自金曼丽出现后，他俩更是三天一小吵、五天一大吵，一直发展到日子实在过不下去了。没多久他俩就正式离了婚，小姨则愤怒地搬出了这个家。

可怜的小姨想起叶建国当年不过是个居无定所的"流浪儿"，自己看着他可怜，才下嫁于他，谁知他竟是这样的一只白眼狼，稍有点本事就做出这种勾三搭四的事！她越想越郁闷，无人倾诉也无人安慰，天天睡不着觉，人也日渐憔悴，精神慢慢出了问题。

有一次小姨去看望女儿叶小青，三方在家大吵，叶建国竟不管不顾地当面向金曼丽示爱，气得小姨当场发狂，不得不急送精神病院救治。

自此之后，金曼丽就毫无顾忌地住进了平安弄9号。这段时间，最可怜的是叶建国的女儿叶小青了，她完全被家里的这一场变故打蒙了。也别怪她总也不能安下心来好好学习，专心读书，一边是亲爱的母亲，一边是亲生父亲，如今却变成了对峙的双方，叫她怎么办？那段日子，她真的是天天以泪洗面，从白天哭到半夜，又从半夜哭到天亮，从此理解了《红楼梦》里的林黛玉为什么会有这么多的眼泪。

第二章　叶小青家是这样子的啊

一切就像刘大柱想象中的那样,姨爹家还真的有点暴发户的味道:上海西区的平安弄9号,一进栅栏门就可见到一个小巧华美的庭院,在绿树红花丛中,有一幢两层的别墅。这么大的房子,里面就住着三个人——姨爹和他那位女秘书,还有一位就是他的宝贝女儿叶小青。然而,别看房子那么大,可供大柱活动的空间却很小。

到姨爹家第一天,大柱就兴致勃勃地穿过客厅,想上二楼去望望远处的风景(这不是到了大上海了吗,那到二楼能望见许许多多高楼大厦吧?大柱曾这么呆呆地想)。不料一个台阶一个台阶地往上走,还没走到一半,他一抬头便看到一个很霸道的年轻女子,坐在楼梯最高的一个阶沿上,双腿伸得笔直、双眼睁得圆圆的,就像是两束探照灯光,射到上楼梯的刘大柱身上。不用说,这女人自然就是姨爹的女秘书金曼丽了。

但不知道她为何放着客厅里舒服的沙发不坐,偏像个小孩子似的坐在楼梯上,难道就是为了阻止乡下来的小男孩上楼去侵犯她的领地?这么一想,刘大柱就赶紧停步,回头往下撤退,离开楼梯,再穿过客厅返回楼底自己的小屋。

不能上楼,那么底楼总可以让大柱自由活动了吧?也

第二章 叶小青家是这样子的啊

不行。

底楼的那个大客厅,虽然摆着大小沙发,大沙发旁的茶几上还放着电话。但这大沙发是金秘书的专座,是让她接电话,或者往外打电话用的,别人是不能随便坐的。客厅往北有一条走廊,有厨房、卫生间。大柱被安排住在卫生间旁边的一个小房间里,所以他的活动范围仅限于这个小房间了。那小房间烦人得很,窗户很小,又打不开,就连大白天也得开着灯。

其实也不错,刘大柱正想找个角落躲起来一个人静静地看看书、写写作业呢。他已经预感到这个地方与刘庄那个温馨的老家完全不同。毕竟是寄人篱下,总得处处小心。于是他老老实实地坐在小房间里,开着电灯,自己看书。但脑袋里像是塞满了杂草,根本静不下心来,思路总是很难集中。于是索性自己动手,先整理好自己专用的房间再说。

第一步,当然是准备好书桌和座椅。他到厨房找了块抹布,细细地擦干净那张可爱的书桌,然后将从家里带来的教科书、作业本一一排放在书桌上,这才平稳地在书桌前坐好。他拿出一张白纸,用笔在白纸上认真地写下了"收心开脑来到上海再出发!"一行大字。写完自己看看还挺满意,就想着要给还未碰面的小青姐姐也看看,得两人一起努力呢。

忽然想起从家里出来时,妈妈曾给过他一个大包,里面应该是他的衣服。这些衣服也得赶紧打开看看,是不是得拿出来挂好……

大柱想到,以后这些事可就都得自己管了。他不由得想起了妈妈,心里一酸,眼泪也快流出来了。抽了一下鼻子,大柱不禁想到小青姐姐。她也很可怜啊,这样子离开妈妈,自己管

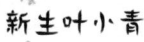

着自己，真是很可怜呢。

于是他马上打起精神迅速地铺好自己的小床，忙完这一切，抬头望望窗外，天就要黑了。

他走出房门，往灯火通明的大客厅里张望了一眼，发现居中那个大沙发上多出了一样东西。

那是一只真皮的双肩背包，整只书包是深棕色的，看上去像打过蜡似的，非常光洁漂亮，而且贵重高级。这应该是名牌包包吧？看样子应该是小青姐姐在用的。

只是很奇怪，书包到家了，书包的主人怎么还不露脸呢？

这时候，厨房里传出了笃笃笃的切菜声。刘大柱知道，那一定是保姆福婶在为这一家子人准备晚餐了。

也就是说，福婶已经先去学校接过放学的叶小青了。结果小青姐姐只将书包交由保姆带回家，自己则不知跑到哪里玩去了。

又等了一会儿，还不见这一家人现身。刘大柱在小房间里有点待不住，就壮起胆子起身来到客厅，坐到了大沙发的边上，并且拿过那只高级书包仔细地观察研究起来。

如果这是一场戏，那现在刘大柱的感觉是大幕才刚刚拉开，正在紧张地等待着真正的主角出场，那个主角不是别人，正是自己要伴读的表姐叶小青。而这一天，叶小青的心情糟透了。

她怎么了呢？又遇上什么难事儿了呢？

原来下午发数学测验试卷，她仅以1分之差，被挂了红灯。

人总是这样，好比不小心掉河里了，这时候河面上即使漂

第二章 叶小青家是这样子的啊

着的只是一根烂稻草,他也会奋力去抓住它,不让自己咕咚一下完全沉下去淹死。

叶小青绝不会相信,这么大的一张试卷,大大小小几十道题,竟会找不出1分2分来——只要能找出老师因粗心而少给了的1分,她就有救了,60分就及格了呀!

于是她真的认真地找了起来,先是从头找到尾,又从尾寻到头,像箆头发似的细细地箆过一遍,然后再拿过同桌王英雄的试卷来仔细地核对过一遍之后,马上就发现了失误之处:老师在正确运用结合律的那一问答上,少给了她3分。这个气哦,真是不打一处来!所以她马上想,得先去老师办公室讨回公道,为自己加上那多扣去的3分!

这朗朗朗(班里同学对数学老师郎明的谑称)为什么总跟自己过不去呢?按叶小青研究的结果,她起码可得62分! 59分与62分各是什么概念?天差地别呀!拿着59分的试卷怎么去见老爸?万一被那个总在阴恻恻地盯着自己的狐狸精金曼丽知道了,不知又要在背地里怎样撇嘴讥讽她哩!

不行,得立马去找朗朗朗,讨回这3分!

怒火万丈的叶小青拿着试卷(自己的一份以及同桌王英雄的一份,为此她被王英雄气急败坏地骂成了"叛徒""奸细")噔噔噔地跑到老师办公室,又啪地将试卷往郎明的桌上一拍,话未说完眼泪就先涌了上来,小胸脯更是气得呼哧呼哧地起伏着:

"郎老师,你你你……你欺侮人!"

更可气的是,这位不年轻了的郎老师不仅不重视,反而笑眯眯地逗起她来:

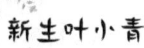

"你哭呀叶小青,我正想看看你哭天抹泪的样子呢。"

叶小青才不哭呢,她努力地将涌上来的眼泪压下去,然后静待郎明拿起红笔,大笔一挥为她重新打分。然而她想得太美了——这郎老师一般是不会认错的,尤其是在学生的分数问题上,他总有一千条一万条理由好讲,要是学生能讲得过他,那他不就只能卷起铺盖滚蛋啦?不信你就耐心地听着吧……他即使让步,那也得先训你个六神无主!

郎老师说:

"叶小青同学啊,如果你能将今天查分数的细致劲头用到平时的学习上,那么试卷上出现的就绝对不会是现在这个尴尬的分数了。"

郎老师又说:

"我真是看不懂你呀,叶小青同学。你嘛,长的是一脸的聪明相,家境很优渥,身体也蛮好,怎么就偏偏会读不好书呢?你一天到晚都在想些什么?学习上你这太不用功了。才十几岁的小姑娘,读好书才是硬道理啊!"

郎老师最后说:

"实话跟你说吧,叶小青同学,我这次就是存心挂你一回红灯的,目的就是想警告你一下,让你认真对待起学习这件事!"

说着说着他站了起来,来回走了几步后站到了叶小青面前,伸手"啪"地弹了一下她的额头:

"马上要期末考试了,今天我可以给你加上这 3 分,但如果你再这么稀里糊涂地混下去,下次可怎么有脸走出这个校门啊!"

这一手指头直弹得叶小青头皮发麻,但看到老师用红笔

第二章 叶小青家是这样子的啊

写上了"62"的字样,她也就不管这一些了,一把抓过试卷就逃。

气急败坏的叶小青,将那张数学试卷往书包里一塞,就匆匆地下楼准备离开学校。几乎是刚出校门,就迎面碰到了来接她放学的保姆福婶,于是她就把书包交给了福婶。她正想去住在曹杨新村的同学沈圆圆家玩呢,这下可以空着双手直奔而去了。只一会儿,她就跑到了曹杨新村98号,伸手敲门,来开门的正是好友沈圆圆。

作为叶小青死党的沈圆圆,长得胖胖的,脸圆身体也圆,与外号"芦柴棒"的叶小青正好调了个个儿。怪不得班里的鬼精灵陈小巴同学要说,恨不得先将圆圆与小青放在一锅里煮了,然后再捞出来,二一添作五地将她们分成两份,重塑一番,一个是健美的沈圆圆,另一个是高挑匀称的叶小青,如果这样,班里就多了两个美女可以让男生们好好地过过眼瘾了。

像陈小巴这种十分出格的胡说八道,叶小青是听不到的。不过这种事情,早晚会由好脾气的沈圆圆一字不落地传到叶小青耳里。

众所周知,沈圆圆在班里一向被称为"大众情人",与她要好的男生高矮胖瘦都有,所以她从不寂寞,一天到晚总是开心地咧着大嘴笑个不停。背后总有男生用那带着磁性的声音呼唤她:

"沈圆圆,沈圆圆,等等我呀,等等我呀。"

一进门,小青还没分清东南西北,圆圆便一把迎上来给了她一个大大的熊抱。圆圆个子高,力气也大。她死死抱住小青不放,尤其是她那肥厚而充满弹性的前胸,更是挤得小青有点喘不过气来。她也用力抱紧圆圆,并推着她往客厅的大沙发上踉跄着倒下去。

"你这个女疯子,别闹了。快起来坐好,我有正经大事要跟你说呢。"叶小青说。

沈圆圆睁大了眼睛,望着叶小青说:

"什么正经大事啊?怪吓人的,是你被人敲诈了,还是上当受骗了,要向我哭诉啊?"

"去你的!贫什么呀。我说的大事,是指这次考试。你数学得了多少分?告诉我,说!我刚从'老狼头'那儿受了一肚子的气,专门跑来想跟你发发牢骚骂骂'老狼'的。"

沈圆圆像是一下子被叶小青问蒙了,支支吾吾开不了口。

叶小青追问:

"说呀,你到底得了多少分?不会是 100 分吧?"

"快拿出你的试卷让我瞧瞧。不然就是你心中有鬼,连我都保密!这世道,真是……"叶小青继续追问。

在小青的重压下,沈圆圆不得不磨磨蹭蹭地去翻书包找试卷了。

趁这工夫,叶小青细细观察了一下沈圆圆的家。曹杨新村是上海最早开发的一个工人新村,位于普陀区,规模很大,一色的六层楼,有配套的公园、商场、电影院和学校。

圆圆的家在一楼,房间蜡地钢窗,棕色的木地板和整齐的柚木围墙全擦得亮闪闪的,一尘不染,再配上成套的意大利真皮沙发,让人觉得很舒适。

圆圆她爸是一家房地产公司的董事长,在近几年的房地产开发大潮中发了大财,挣得盆满钵满。但他是个讲实惠的人,几年来经他手建造的豪宅花园不下百套,他随便挑一套就可住进去,但他偏不离开工人新村:一是多年住下来,跟这老房子有了感情;二也是为了表明自己低调,不管事业做得多大多火,自己从不忘本。这无疑为社会树了一个榜样,天底下还有哪个房地产集团的董事长住在工人新村里的?

为此,这沈董一直过着安定的生活。老子安定,女儿也安定,这一点又与叶小青正好相反。总之,安定的沈董让他的爱女沈圆圆也安定愉快地成长着。只是因为太安定了且有钱,以至她身上处处长肉,一个女孩子竟像个气球似的被吹得滚圆无比。父女俩偶尔出一趟门,遇到熟人就会有人跟他开玩笑:

"嗨,沈董,今天好兴致啊,哪里买的一个这么可爱的'气球娃娃'陪你逛大街?"

常惹得好脾气的沈董面露狰狞,要骂人家一句:

"不要瞎讲乱讲!你眼睛有问题吧,是人是气球也会看不出来?!"

因为是一楼,这沈家客厅还有个后门,推门出去便是个小小的院子,院子角落里还栽着一株碧绿的桂花树,有两人多高。沈圆圆曾得意地跟叶小青说过:

"每年农历八月桂花开了,那可真香呀!我坐在树下看郁达夫的《迟桂花》,以前妈妈就坐在我身边喝茶。哎,那可真是一段难以用言语形容的幸福时光,桂花香和妈妈手上的茶香飘过来,闻着真舒服。"

沈圆圆说得十分动情,没注意到身边听着的叶小青早已泪如泉涌,后来竟忍不住抽泣起来。这让圆圆十分吃惊,她马

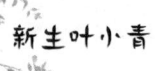

上跳起来从背后拍叶小青,说:

"青青,青青,你怎么啦?是我说错什么话了吗?"

叶小青赶紧转身,将沈圆圆推倒在沙发上坐好,说:

"好圆圆,好圆圆,你没说错什么,是我忽然想到了可怜的自己。我家院内也栽着好高的一排桂花树,金桂、银桂的花同时开起来的时候可真是香。可自从我妈妈犯病住院之后,就只有我一个人在那儿孤独地享受桂花香。所以你一讲到桂花,我脑海中浮现的不是桂花,而是孤独。以后,每年秋天桂花盛开、大家合家团圆过中秋的节日,就成了我一个人享受孤独的可怜日了。"

"你妈妈只是有一点病,需要离家住院治疗而已。你要相信现代医学,就像人类现在已经能飞上太空一样,什么奇迹都可能出现的。我相信你妈妈的病总有一天会治好,到时候她又能健康地回家来陪你了。不像我,自从妈妈出车祸去世之后,她永远也回不了家了。我爸之所以放着大房子不去住,一个重要的原因就是要和我一起守住这老房子。说不定哪天妈妈从天国神游回来了,还能熟门熟路地走进这98号的后花园,再坐在桂花树下陪我一起读书。青青啊,你要相信'世界之大,一切皆有可能!'这句话。"

"但是,我妈妈回不来了。即使她康复了,也注定回不了这个家了!"小青哭着说。

沈圆圆瞪大了双眼,问道:

"这又是为什么呢?"

"因为那个金曼丽还很年轻,身体又好,一时间不会老也不会死。就算我妈完全康复,可以出院回家了,只要家里还有这个狐狸精在,她就不可能回来的,就算回来也会被她再次气病的!"

"真是,这个金曼丽有这么厉害吗?你爸干吗不把她赶出去,赶得远远的,到天涯海角,到青海,到甘肃,到沙漠去?"

"不可能的。你不知道我爸是彻底被她迷昏头了,失去方向了。"

沈圆圆平时在班里是最喜欢聊八卦的,这回听小青说起狐狸精的事,她马上就来了兴致,瞪大双眼问:

"真的啊?你倒给我说说她有多漂亮、多能干,能把你爸迷得晕头转向的?"

"她吧,真的长了一张现在最流行的狐狸精脸:下巴尖尖的,两边的颧骨高起来,两只大眼睛滚圆的。当她定睛看人时,就像一只狐狸在逃跑时回头瞥你一样。她的皮肤也挺好的,象牙色的,光滑细腻,让人一见就难忘。"

"哦,这不就像我们学校弹钢琴的欧阳老师吗?我们的数学老师,就是挂你红灯的那个'老狼'最迷她了,没事就站在她身边,倚着钢琴,一边用脚踏拍子,一边跟着琴声唱歌,什么德彪西的《月光》,反正什么有感情,他就唱什么。两人越唱越来劲儿,据说这'老狼头'也快要离婚了,而且还在学校宣扬说:非欧阳不娶。"

好一个沈圆圆,一边八卦老师,一边还不忘叶小青刚从他那儿挨骂回来的事,弄得小青只得说:

"我可不管他什么日光、月光,我只要讨回我那3分!尽管他戳着我的额头,把我骂了个狗血淋头,但他终归是归还了我那宝贵的3分,将我的数学卷子改成了62分。所以如果他与

'月光老师'结婚,我会送他一份大礼的。哈哈!"

说得沈圆圆也哈哈大笑起来。正好篱笆墙外有一队在小区修房子的民工下班路过,惊得他们纷纷隔着篱笆观看院里的两个疯女孩在出什么洋相。

一看人家修房民工都已经下班,小青有点慌了。从放学玩到傍晚,她也不知玩了多长时间。放学就去同学家串门,几乎已经成了习惯,但以前每次都不会待太久就匆匆赶回家去。现在这样在外过流浪的日子,完全是因为妈妈生病住院再加狐狸精入侵造成的。

她计划要利用这一段无人管束的日子,走遍居住在上海各个角落的男女同学的家,看看他们都过着什么样的日子。沈圆圆爱"八卦",她自己身上又何尝不具备那种"八卦"的因子,特喜欢知道别人的生活,特喜欢打听别人的消息,就如朗朗朗闹离婚又拼命追求欧阳老师一样,这一切若没有圆圆向她透露消息,她可能永远都不会知道。

串门太好了,沈圆圆讲的朗朗朗追欧阳老师的故事太好了!知道了这将她骂得无地自容的高傲的数学老师朗朗朗,原来也是一个正在苦追音乐老师的坏男人,她那颗受伤的心马上就愈合了不少。呵呵呵,老狼头,让你再凶,再这么训我,到时候"月光"升上天了,你就在地上痛哭流涕吧。不是我叶小青良心坏,而是你这个老狼头做事实在太狠心。你都这个岁数了,难道还不知道一个及格分对学生意味着什么?你怎么能不管一个中学小女生的尊严和面子,在办公室当着众多男女老师的面骂得我无地自容?要是我够脆弱,当时就从你的办公室冲出去,然后从二楼开放式的楼道上纵身向下一跃,

第二章 叶小青家是这样子的啊

看你到时候如何向校方、向我家里人交代!

不管怎样,当小青知道了老师也有问题之后,原先郁积在心头的、因挨他痛骂而产生的恨意就消散了许多,她知道自己也并非如老狼头批评的那样无可救药。

人都有自己的问题和短处,只要努力总会走出困境。她这么一想,就一下子变得愉快、轻松起来。

叶小青连滚带爬地赶回自己家,她下决心要在爸爸到家前先回到家,不让他抓住放学不回家先去同学家疯玩的把柄,省得他朝自己吹胡子瞪眼睛。

好了,到家了。

叶小青一步跨上台阶,冲进别墅的一楼大客厅,不料此时家中已是灯火通明。小青一眼望去,就见居中的大沙发上坐着一个土里土气的半大男孩,正捧着她的大书包上下翻看着,一双手还在书包的各处拨拨弄弄。由于太过专心,他都没注意到门外已经冲进来一个娇俏的女孩,并且冲他发出了"哎"的一声呼喝。刘大柱猝不及防,惊得把手中的书包扑通一声扔到了大理石地板上。那女孩真是身手敏捷,就像一头跃起的山豹,只见一道黑色的影子一闪便已扑到刘大柱的身边。刘大柱还没来得及躲闪,那掉在地上的牛皮书包就被那女孩捡起,拎到了手中。这时,保姆福婶也擦着双手从厨房走出来,一见小青便眉开眼笑地打招呼:

"小青回来啦?饿了吧,我已经包好了馄饨,是你喜欢吃的鲜肉虾仁馅儿的。正好你爸爸接来了从乡下来的大柱小弟。那就再等一会儿,你爸爸一到,我们就开饭,一起吃馄饨,

回到上海,在家吃晚饭时,叶建国将刘大柱介绍给女儿叶小青,叫她跟着表弟刘大柱好好学习,将学习成绩提上去。

行吗?"

"行行行,福婶你辛苦了!谢谢你帮我把书包送到家啊。"

呆立在一边的刘大柱,至此终于搞清楚女孩的身份,他赶忙冲叶小青笑笑说:

"喔,小青姐姐,你好!刚才我想看看你的书包,结果一不小心把它掉地上了,不好意思啊。不知书包里有没有易碎品,可别打碎了。"刘大柱挠挠头,"怎么你的书包盖子,还带着密码锁的?我拨弄半天也打不开这书包盖。"

"你要打开它做什么?里面可是一分钱都没有。"

"不不不,我不是看有没有钱。我是想看看你的课堂笔记,了解一下你们上海的初中课程都已经上到哪里了。"

"哦,对不起,那是我说错了。这个我等会儿告诉你,先吃饭呗。"

吃晚饭的时候,这一家人总算聚到一起了。

叶建国拉过大柱站到叶小青面前,说:

"来,我来介绍一下。小青,这是你表弟,刘大柱。以后就由他来陪你一起读书、写作业,注意要将成绩提上去哦!"

叶小青就咯咯咯地笑起来,自己忽然有了这么一位土土的表弟,真有意思。不过且慢点高兴,因为旁边坐着的金曼丽当即就放冷气过来了:

"有什么好笑的?别看他比你小,还从乡下来,人家门门功课都达到了优秀水平的!"

没想到叶小青半点面子都不给她,毫不客气地反击道:

"一边儿去!我们家的事情什么时候轮到你来多嘴?"

那金曼丽可不是省油的灯,她一听小青这么说话就气得

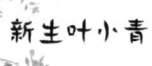

拍手跳脚：

"叶建国，你听听你听听，你女儿说的这叫什么话？什么叫'我们家的事情什么时候轮到你来多嘴'，我是在她所说的那个'我们'之外的对不对？她用这副腔调对待家里的大人，你也不管教管教！"

叶建国尴尬得脸上的肌肉扯来扯去，半句话都说不出来，只好抬起筷子朝刘大柱和叶小青指指，一边指一边打圆场：

"好了好了，什么都别说了，大柱初来乍到，大家都讲点礼数好不好？行了，大家都吃饭，吃饭。"

一见姨爹这样和稀泥，那个狐狸精当即一跺脚噔噔噔地往楼上跑了，边跑还边扭过脸来继续骂：

"跟这种尖嘴货一起还吃什么饭，气都气饱了！"

好一个下马威！刘大柱再不懂事，也看出他们这个家庭关系有多复杂。他想，自己在这里的日子肯定不会太好过，以后自己就只管埋头读书，不管他家的事好了。

但实际生活远没有刘大柱想得那么简单。

刘大柱初来乍到，在这座号称全国经济第一的大城市里既没有同学也没有朋友，所以也就没办法出去玩，一放学就只能回家坐着。偏偏那个女秘书又不去上班，仿佛天天窝在家里专等着刘大柱回来供她"修理"似的。

只要大柱一到家，她便会跟在他的屁股后头唠唠叨叨，不是说他关门声太重，就是说他鞋底不干净，弄脏了客厅地板，或者说他身上有味儿，熏得她头疼。总之，刘大柱有一百个不是。

但只要叶小青一回来，她的态度就会来180度大转弯，不

第二章 叶小青家是这样子的啊

是说刘大柱勤奋就是说刘大柱聪明,总之比叶小青不知强多少倍。这令叶小青气得不行,于是立马就将刘大柱看成自己的头号大敌,发誓再也不理他,还想方设法要将他赶出家门。

同时,她的"主人翁"意识也开始萌生——老爸将这刘大柱从乡下接来当她的伴读,如果让他白吃米饭不干事,那也太便宜他了。所以往往是她一回到家,就马上扔给刘大柱一大堆作业本,并下指令说:

"哎,吃晚饭前你将这些作业通通给我做好了,我晚上等着抄呢!"

刘大柱可没有叶小青那么多的花花肠子,开头的日子他总是挺认真地告诫她:

"姐,你这样可不行。学校老师不是总教导我们,要我们发扬独立思考精神吗?我替你做这些作业可以,反正做一遍也是做,做两遍也是做,但是你如果天天照我的抄,将来考试考不出,吃亏的还不是你自己吗?"

"你说你烦不烦,烦不烦!"

叶小青不但半点不领情,反而斥责他多嘴:

"你怎么说话总像个小老头似的,啰里啰唆一大筐,难道你忘了我爸叫你来是干什么的了吗?真是乡下人一个。"说完就往外跑,天黑了才回家。

待到晚上好不容易坐下来开始"抄"作业了,不到半个小时,她便会哈欠连天、眼泪直流,不是怪刘大柱字写得潦草,就是怪刘大柱题目做得不对她的思路。刘大柱很耐心地劝她:

"你呀,最好仔细一点。再认真想一想,这道题就是按这个思路解的。"

"想你个头呀,明明是你把问题复杂化了,还说我没动脑子,是你自己太笨了吧。"

"我没错,是你脑子进水了!"

"你错了!"

"就是没错,我不会错的!"

"就是你错了,错了错了错了!乡巴佬,土老帽,错了还不承认,还骂我,存心气死我!"

恼怒的叶小青突然发起威来,边骂边举起削尖的铅笔往刘大柱的手背上一戳,那里立马就留下了一个小黑点。

刘大柱连疼带气,想想自己这"寄人篱下"的日子,泪水便忍不住在眼眶里直打转。一气之下,他决定回老家,就是永远读不成书,他也要回家去,回爸爸妈妈的身边去。

然而,就在他回身准备收拾衣物的时候,却发现叶小青在那儿默默地擦起了眼泪……一见那样子,小小男子汉的那颗心马上就变得柔软了。他思索着,看还可以怎么讲,能让小青姐真正弄懂这道题的正确解法。

第三章 在战争中化敌为友

一晃一个月过去了。

在这一个月中,叶小青是如何偷懒"抄"刘大柱的作业,又是如何变着法儿找刘大柱的别扭,真是一言难尽。不过从总体的"伴读"效果来看,叶小青还是有很大进步的,最突出的表现便是她做到了按时交作业,而且还"做"得挺不错(据郎老师的评语)。

还有,虽然这些日子里,他俩仍因为作业解法上的不一致,少不了互不服气而拌嘴,但是就像一句名言所说——"真理总是越辩越明"。

叶小青是幸运的,因为她的对手是个学霸。他俩整天这样那样地吵来吵去,倒也让她搞懂了不少数学解题方法。

总而言之,大家都觉得叶小青的脑子灵光起来了:第一是老师不再批评她缺作业了;第二是平时的数学测验成绩也有了明显提高,从原来的"不及格"或勉强及格往70分以上升了。这可真是个了不得的进步啊!

再后来,课堂上老师公布的表扬名单中居然也开始出现了"叶小青"的名字。当这三个字第一次在教室里响起时,刘大柱就像听到咱们国家第一次发射卫星的消息一样,开心得恨不能当堂起立高唱一首胜利进行曲。

叶小青的脸陡然间变成了红苹果，可见她内心是很激动的。那一刻的她特别感激刘大柱，心里暗想，今后一定要好好对待这位乡下来的弟弟，不再欺侮他、冷落他。

所以那天放学后，她没有像往常那样不管刘大柱在哪儿，只管自己跑到好友圆圆家去玩，而是乖乖地跟大柱一起在回家的路上慢慢地走着。这么一来，反而让刘大柱无端地产生了一些担心：怎么，今天小青姐有点不对劲啊，是生病了还是与哪个同学闹别扭了？刚刚取得一点点进步，可千万别因为一点点小挫折又往回缩呀。不行，我得想办法哄哄她。于是他从书包角落里，找出了几张纸币，路过一家便利店时，进去买了几包他认为女生爱吃的零食，打算带回家请她吃，哄她开心。没想到进客厅后，却意外地发现小青姐已经安然坐在大沙发上，正在抬头等着他呢。

见到大柱，小青便拉着他坐在她身边，一口气说了一串话，说要出几道题考考他，要他当面说出答案，说是没有别的意思，只是想测测他的智商。见刘大柱低头答应了，她便出了两道题：

第一题："有一个怪物，它长了28只脚，2个脑袋。那它叫什么？"

第二题："有一群修鞋的朋友，搞聚会。在当代社会，它又被称作什么？"

可怜大柱，尽管他脑洞大开，也没有找到合理的答案。一个男生是绝对不会在女生面前承认自己智商低的，于是大柱只得拿出几样零食，哄叶小青说出了答案：

第一题答案为"怪物";第二题答案为"休闲(修鞋)派对"。这真令刘大柱哭笑不得。

为了安慰刘大柱,叶小青接着又给他讲了一个题名叫"没有"的笑话。说是以前有一家人,家里穷得只有成天吵着要吃要喝的两个小男孩了。因此夫妻俩总是吵架,有一次吵得火起,急得丈夫拉住一个小男孩就准备出门去找人贩子换点现钱打酒喝。妻子不肯,只同意将儿子送给家中没儿女的亲戚家当儿子。两人吵得没个结果,却不小心又生下了第三个儿子。因为村里人见面就老要取笑这位没出息的男主人,于是他就想严格对外保密。人家一说起他家又生了个儿子的事,他马上伸直双手一推一挡,答说:"没有的事!"为了将这事搞得更真实牢靠些,后来就索性为这个新生的儿子起了个大名叫"没有"。

"没有"长大了,他爸妈却都跑路了。一个去上海打工,一个去海南打工。

"没有"上学了,老师问他叫什么名,他挺胸回答道:"没有。"

那么你爸呢?他说:"没有,我是说我家里没爸。"

又问你妈呢?他还是说:"没有。"

老师奇怪死了,就转头问班里的同学们:

"哎,你们有听说过这样的事吗?一个人没有爸妈,却跑我们这儿来上学了。"

同学们全体起立,齐声回答老师说:

"没有!没有听说过!"

故事还没讲完,叶小青自己就先乐得在大沙发上打起滚来了。

"姐,你这些乱七八糟的智商测验题呀笑话呀,都是从哪里听来的呀?"大柱哭笑不得。

他知道自己以前光顾着捧着课本做作业,一不会电脑,二没有手机,因而在玩的方面确实比城市里的同学落后许多。他心中难免有些失落,当即脸就挂了下来。

"网上啊,我房间里有电脑。网上有好多好多这种笑话和暴走漫画呢,一打开就能让你乐个半天。"

这话说得刘大柱十分向往,他多想马上打开小青姐的那台电脑,看看网上究竟还有些什么好玩的东西。

要知道,在刘大柱印象中,原来他念书的学校里只有两台电脑,还是城里一个老板把单位淘汰下来的旧电脑拿出来,捐赠给他们学校的。这两台电脑一直就只是个摆设,天天放在校长办公室的桌面上,证明学校也现代化了,事实上,从来没人去动用过它们,哪怕是开机打打游戏。

这会儿,叶小青破天荒地领着刘大柱噔噔噔地上楼,第一次带刘大柱进了她自己的"闺房"。只见临窗的书桌上放着一台薄薄的笔记本电脑,大柱伸出右手在电脑上摸了摸,冷冰冰的,心想这就是手提电脑了?这比妈妈办公室那台大盒子似的竖在桌面上的电脑可小巧玲珑多了。

见刘大柱傻愣着不动了,叶小青便上前一步将电脑上的黑盖板揭起来,并让它稳稳地斜立着。

"哇,这玩意儿真棒!"刘大柱真心赞叹起来。

叶小青说:

"这算什么,好戏还在后头呢,看姐怎么玩给你看!"

马上就能看到手提电脑是怎么一回事了,刘大柱不禁瞪大了双眼,好奇地看叶小青怎么一步一步地操作它。

她先是拉出一条又黑又粗的电源线,将插头在接线板上稳稳地一插,接着就咔嗒一声,按下了接线板上的绿开关,见那红色的指示灯一亮,叶小青便又回到电脑前,在有键盘的操作台板上按下了一个按钮,那电脑便叮叮咚咚地唱了起来,同时屏幕上还亮出了几个英文大字,不一会儿屏幕先一黑,接着显示:"正在启动Windows",同时还显出来好几个五彩色块,那些色块像跳舞似的在屏幕上到处乱跑起来,跑一会儿之后就变成了全屏的风景画。啊,那是一个平缓的山坡,山坡上是一大片碧绿的草地,真安静,真美呀!

刘大柱不禁悄悄地边咂嘴边叹息着说:

"嘿,这么大一片草地,要是能放上几头牛或一群羊,让它们美美地啃吃那一大片青草,而我,就舒服地捧一本书,躺在那草地上看,或者站起来吹吹口哨、唱唱歌,那是啥光景呀?嘿呀嘿……"

大柱一边想,一边嘴里忍不住"嘿呀嘿"地唱起了山歌。

"大柱,你发什么神经呀!"

站在身后的叶小青冷不丁地这么一吼,吓得刘大柱立即闭了嘴。

"你不知道,狐狸精说不定就站在这门外偷听呢!"

"嘿,真扫兴。算了,我不唱了。你还是先上网,让我看看电脑的聪明劲儿吧。"

"好的,你看着:我们得先接上网线。这台小仪器叫路由器,是一台网络信号接收器。我把它打开,就能让电脑接收到网络信号了。"

叶小青边说边麻利地动手按亮了路由器的电源,不一会儿,屏幕上就出现了一个网页。小青在那网页上指指点点,一边指点,一边告诉大柱:

"你看,这叫'百度',也叫'度娘'。它的本事可大了呢,只要你打开它,问它什么它都能替你解答出来,就像小时候不懂时问娘一样灵光,所以就叫它'度娘'了。"

"是吗?那你问问,语文书上有一首古诗叫《次北固山下》,是谁写的?还有这题目里的'次'又做什么解释,是什么意思?"

"哦,想问这个是吧,但你这样光用嘴巴说是不行的,据说先进的电脑已经可以实现人机对话了。但我用的这台还不行,只能用人的手指与它对话。也就是说你必须先学会五笔或拼音打字,然后用五笔或者拼音输入法,将你要问的问题输入进去,电脑经过识别,明白了你想问的问题后就会显示你所要的答案了。"

小青接着说:"这个五笔打字很好学的,只需将要输入的这个汉字的四个笔画的代号字母就可以了。因为你是在乡下学的拼音,可能老师的发音不准,导致你说的普通话也不太标准,这样的话,用拼音输入法就不灵了。一旦拼错了音,电脑识别不了,它也就回答不了你的问题了,所以你还是学五笔打字法的好。

"我们知道,大多数汉字都可拆分成四笔,拆分清楚后,先按写汉字笔画的顺序打三笔,第四笔打上去后,你所需要的汉字就会弹在屏幕上了,敲一下键盘上的回车键,这汉字就会出现在你所要输入的对话框里了。今天就由我来打吧,你以后

大柱猛地拉开房门,正贴着房门偷听的金曼丽猝不及防朝前跌了个大马趴,倒在小青座椅旁的地板上。

再慢慢学好了。"

大柱说声好的。叶小青就双手同时按键,飞快地在百度的搜索框里输入"《次北固山下》的作者是谁,题中'次'字的含义又是什么?"打完字,敲下回车键,一会儿电脑页面上就显示出答案:

"《次北固山下》是唐朝诗人王湾的作品,题中'次'字有停留的意思,北固山在今江苏镇江北。"

刘大柱手指着电脑屏幕,像小学生认字似的一个字一个字地念完后,不禁高兴得将双手一拍,激动地喊道:

"姐,对极了!真神奇!这电脑里回答的与我们语文老师讲得一模一样。这电脑也太聪明太神奇了,我一定要学会使用它。这下好了,我以后可以打字查问它指挥平型关大捷的八路军将领是哪一位了。"

刘大柱爱看历史、战争一类的书,头脑里积累的稀奇古怪的问题还真有很多哩!聪明好学的他,真想什么不懂的都问一问百度。

刘大柱正低头想着的时候,忽听见门外有动静。他轻轻走过去将房门使劲往里一拉,没想到竟然拉进一个人来。原来那人是紧贴着房门站立偷听的,房门被猛地一拉开,她一下子失去依傍,站立不稳,竟往前跌了个大马趴,倒在了房间的地板上。

那人正是金曼丽。她摔倒时,头朝里、脚朝外,甩出去的一双高跟鞋先是"扑通"一声往下掉,紧接着又从楼梯上滚了下去,引得刘大柱和叶小青一阵哈哈大笑。狼狈不堪的金曼丽站起来之后,马上先发制人地朝大柱瞪着眼睛叫了起来:

"你这个乡下小鬼头,想害死我不成?"

刘大柱毫不示弱地瞪大眼睛,说道:

"什么害死你!我还想问你呢,你怎么像个特务似的贴在门外偷听我们学用电脑呢?你要找我姨爹,应该到小花园门口去等他才对啊!"

"谁说我是在找叶建国?"

大柱反问道:

"不是吗?还有,叶建国的名字是你可以这么随便叫的吗?你怎么也得叫声叶总才对吧?"

"什么叶总啊?一个小小的二级公司的经理配叫什么'总'!"

"他就是'总',否则你也当不成秘书不是?还有,他是从我们洛水乡下一步一步奋斗上来的'总',很了不起。我很崇拜他,谁也不许说他坏话,谁也不许看不起他,懂吗?"

听到刘大柱高声说出这几句掷地有声的话,叶小青激动得呜呜哭了起来。只哭了那么一小会儿,小青马上擦干眼泪,上前一步站到了金曼丽的正对面,抬手指着她的鼻子,严词正告她说:

"请你马上离开我的房间!我们正在学用电脑,这是学校布置的重要课外作业。你这样捣乱,会严重影响我们学习。小心我告诉我爸,让他收拾你!"

叶小青这么说,非但没吓住金曼丽,反而让她像捡到什么宝似的冷笑起来:

"嘿嘿。不就叶建国嘛,好好好,我等着。"

在义正词严的叶小青面前,金曼丽的嚣张气焰还是被压了下去。毕竟是她偷听的行为不地道,所以也就无法再发更大的火,只能装出生气的样子悻悻离开了叶小青的房间,然后哎哟哎哟地叫着,忍痛光着脚下楼捡她的高跟鞋去了。

大柱问小青：

"姐,她哎哟哎哟地叫唤什么呀？"

"可能是脚扭了吧。"小青说。

说罢,两人就哈哈大笑起来。小青轻轻地走到房门口,伸头往楼梯下看了看,只见金曼丽扶着楼梯扶手,还在一级一级地往下走,看样子伤得不轻。小青返回房间,关上房门,两人又哈哈大笑了一阵。

两个小家伙笑够了,小青又认真地引大柱参观了一下她的"闺房",给大柱看了她房间里的各种宝贝：漂亮的发夹、明星签名照片,以及女孩子喜欢的各种东西。大柱头一次见到那么高级的手提电脑,对叶小青向他演示的如何上网浏览各个网站,更是感觉神奇得不得了。而他也知道了,像叶小青这样的城市女孩见识广博,今后还真不能小看她。

这以后,姐弟两个相处和睦,一个认真学功课,一个怀着极大的兴致认真学习电脑知识,互帮互学,其乐融融。小青的学习成绩也提高得很快。

最高兴的要数叶小青的爸爸,由于他不便在家公开表扬小青,所以总是偷偷地买点小礼物奖励她和大柱。

然而金曼丽的冷言冷语还在不断刺激着叶小青,并常常让她火冒三丈。她的火气无处发泄,只能拿刘大柱当出气筒。

想想叶小青也怪可怜的。有一次她跟刘大柱"痛说家史",说她的亲生母亲愣是被她爸和那个狐狸精气疯了,现在还在精神病院里住着呢。她想妈妈,几次逼着她爸开车去看,但到了医院,她妈妈却又半点都不记得她了,只会坐着傻笑。为此,她更加仇视这个金曼丽。她汪着一泡眼泪,哽咽着跟刘大柱说:

"所以你要记住,不管怎么样,你都要站在我这边,不许听那个狐狸精的鬼话,即使她大哭大叫也不能心软。"

"但是,那样的话,你爸会不高兴的。"大柱很明白事理地说。

"那你也得站在我这边。我妈已经输惨了,我可不能再输给她,知道不?"

"晓得了。"刘大柱点点头。

那一刻叶小青变得像个大人,那神情真有点像学校里的政教主任给调皮学生训话。她对着刘大柱露出满脸的坚毅之色,听得刘大柱也热血沸腾起来——他真想当一个勇敢的骑士,坚定地保护好这个受尽苦难的表姐,叫她不再受这个金曼丽的欺侮。但现在,他只能拍着自己的胸脯向叶小青表态说:

"姐,你放心,今后不论遇到什么情况,我一定会坚定地站在你这边的,你放心!"

第四章 叶小青决定去乡下

生活中的叶小青远没刘大柱想象的那么简单。她就像个变化无常的小精怪，有时候嘻嘻哈哈高兴得很，有时候又涕泪横流柔弱无助，有时候又变得凶神恶煞蛮横无理。

有天半夜梦醒，刘大柱细细回想这一段时间的伴读经历，吃惊地发现自己不小心掉进叶家的恶斗旋涡去了。看这一家三口人，可说是个个心怀"鬼胎"。姨爹只要一看见金秘书的脸色"晴转多云"，马上就会弹眼落睛地训斥起他来——他舍不得让自己的亲生女儿小青太受委屈，而作为外甥的刘大柱只不过是临时叫来陪伴女儿读书的穷小子，说是亲戚也可，说没什么关系也可。既然没有血缘关系，那就不必一视同仁，骂几句也好，向他无端地发点火也罢，只要能让金曼丽脸上的阴云散去，就算天下太平、现世安稳，小日子还能愉快地过下去。

从叶建国的角度来说，他要努力让金曼丽看到自己身上的男子汉气概。而对金曼丽来说，她只要一见到叶小青脸上的笑容就浑身难受，似乎只有见到叶家的小精怪气得流眼泪哭鼻子，十分难受了，她才能将日子过得轻松愉快，心安理得。实在没有理由来刺激小青时，她就会当着叶小青的面装模作样地笼络刘大柱，来打压叶小青。比如她会像演戏一样，用十分温柔的语气表扬刘大柱:"大柱啊,你的字写得可真好呀,个个都是有棱有角的,不像我们家里的有些人,都长到读中学的年纪了,可写起字来还像蟹爬一样(叶小青平时写字潦草,的确曾被语文老师批评为写字如蟹爬)。"叶小青那么冰雪聪明的人,当然听得出这是专门针对她的,意在激怒自己。虽然不断提醒自己不要介意,但毕竟还是年少气盛,忍不住火冒三丈,嘴巴高高地噘起,看得刘大柱胆战心惊的。他知道,过一会儿,叶小青就会将那股恶气通通发泄到自己身上。最厉害的一次,是叶小青对金曼丽的表演大为光火,气昏了头,觉得这一切都是因为刘大柱太优秀,竟气得直蹦到刘大柱面前,边哭边将他的作文簿抢过去,并且三下两下就将那本子撕了个粉身碎骨,嘴里还念念有词:

"让你写得有棱有角!让你写得有棱有角!"

急得刘大柱恨不得直扑过去,将叶小青的嘴巴堵上,将她双手绑上。

别看叶小青年纪小,在这场家庭恶战中,她可是带着对母亲深深的爱,才寸步不让的。在她的字典里,对像金曼丽这样的"小三",内心里只有恨,没有任何和解的余地。因此表现在平时生活中,就只有竖起浑身的刺进攻、进攻、再进攻!这样的日子自然过得很累,但为了保卫她心中最爱的母亲,叶小青也就豁出去了,只能不顾一切地向前冲。她本是一个柔弱的小女孩,在老师和同学面前,说话总是细声细气得像个旧时的淑女,但到了金曼丽面前,她不能不表现得特别强大。这种战斗几乎无时无处不在,她的战斗口号是:对敌人,要面对!该面对的时候,一定要面对!最夸张的一次,是她在饭桌上当着

金曼丽和刘大柱的面,公开责问她爸爸:

"怎么,咱家现在穷得只能吃点这种破菜了吗?是你公司破产了,现在连工资也发不出来了,所以只能买点这样的垃圾货上桌?"

要知道目前在平安弄 9 号这个复杂的家庭里,经济大权是掌握在金曼丽手中的。她平时不用在公司的办公室里坐班,于是为老板一家上街采购,便成了她很乐意干的一项"工作",其中当然也包括买菜。这天,叶小青公然说她买的那些菜都是些"垃圾货",这不等于是骂不光彩地挤进她家的金曼丽也是"垃圾货"吗?这还了得!饭桌上的气氛骤然紧张起来,眼看战火要起,叶建国赶紧扑火。他先抬手在桌面上笃笃地敲了两下,努力装出平静的样子打起了圆场:

"小孩子都说些什么浑话呢?这菜明明还蛮不错的嘛,我小时候想吃都还吃不到呢。"

这倒是一句真话,叶建国小时吃的,经常就是他爷爷从地上捡来的菜叶子,自小到大,他什么苦没吃过。

可叶小青偏不理会,她抬起头来问刘大柱:

"大柱,你说这菜好吃吗?"

刘大柱感到自己处在这样剑拔弩张的紧张气氛中,怎么着也是难以脱身了,索性就只管低头吃饭。乡下有一句俗话:"老天也不打吃饭主人的",难道到了上海,他们这些人还要联合起来收拾吃饭的他?也别怪这个小小的男子汉这时没了骨气,人家毕竟是在父母宠爱的环境中长大的,从来不曾经历过这种剑拔弩张的场面,因此这时已经紧张得头都不敢抬了,当然也早已忘却遇到冲突要坚定地站在叶小青这边的约定,只

管低头呼噜呼噜地扒饭喝汤:

"嗯嗯……唔唔……"

"我说刘大柱你怎么啦,饿了七天七夜是不是?问你话呢,快回答呀?!"

风暴的中心当然是金曼丽,因为"垃圾货"这话,叶小青已经拐弯抹角地说过好几次了,但当着"外人"的面却还是头一次说。只见金曼丽"啪"一声将一双筷子猛地往桌面上一拍,人霍地站起来,对着叶建国高喊起来:

"什么叫'这菜明明还蛮不错的嘛'?你就这样惯着女儿的吗?简直由着她反了天了。还拉帮结派的,存心气死我不成?究竟谁是'垃圾货'?是你叶建国,还是你那神经病的黄脸婆子李珍?叶建国,你倒是给我说说清楚!"

到了这个节骨眼上,叶建国已经无路可退了,只能当即板起面孔训斥叶小青:

"都是你,多嘴多舌的!还不快吃好饭,跟大柱回屋写作业去!"

说完又转头安抚金曼丽:

"曼丽,你别跟小孩子一般见识好不好?行了行了,别生气了,小心吃了夹气饭又犯胃气痛。"

接下去的一幕,则是刘大柱自出娘胎以来从没见过的:只见暴怒中的叶小青气得头发都竖了起来,她瞪大双眼,猛地起立说:

"我妈已经让你气疯了,你现在还好意思提她的名字,还敢叫她神经病?!我不许你再提她的名字,她在医院一定会平安康复,重回这个家的!"

说完又一弓腰,将右肩伸到桌面下,再使劲挺身而起,往上发力一扛,只听她像在体育课上练举重时发出的"嗯——"的一声大吼,那饭桌便被她扛得一头往上翘了起来。这一翘可真是非同小可,一时间犹如地动山摇般,桌面上所有的碗筷瓢盆和菜菜汤汤全从倾斜的桌面上稀里哗啦地往地上乱滚。慌得刘大柱急忙张开手臂想去拦挡,然而哪能拦挡得住,反弄得自己沾了一身的汤汤水水,只得一个人躲到卫生间去默默地收拾干净。

临睡前,姨爹拿着一包饼干,悄悄地进了大柱的房间。

叶建国还是头一回进大柱的小房间,发现这里真是又暗又小,于是在大柱面前显出十分气愤的样子说:

"唉,这房间确实小了点,柱子你可别生气。这事情姨爹原先不知道。现在知道了,就是让你睡客厅,也比住这小黑屋强呀,等姨爹我下一步重新给你安排。"

叶建国沉重地往床上一坐,然后说:

"唉,大柱啊,今晚你一定没吃好饭吧?给,先吃几块饼干再睡吧。"

"喔,姨爹谢谢侬哦。我不饿,只是吓了一大跳。"

"是啊,你看,不怕你笑话,姨爹家就是这样子,钱是有一些的,但日子过得很不安生。"

"嗯,怪不得小青姐姐除了吃饭、睡觉,老不着家,总在外头逛。这样肯定会影响她学习和身体健康的。"

"唉,你还真懂事。事情可不就是这样子嘛……你说怎么办呢?真是让人头疼哪。"

姨爹说完之后,竟双手抱着脑袋躺倒在大柱的小床上。小

孩子是最见不得大人发愁的。大柱瞧着姨爹头疼的样子,他的心里也很不好受,于是说出了在自己心里搁了许久的一个想法:

"姨爹,要不这样,就让小青姐姐跟我一起回乡下去念书吧?我们镇上的那个中学好歹也是省重点呢,教学质量不比这里差!"

"什么?你是说调一个个儿,让小青去乡下给你当伴读?"

"不是,姨爹,我不是这个意思。我是觉得小青姐姐可以住到我们家去,我爸妈一定会待她好的。我仍旧当她的伴读,跟她一起上学放学,替她背书包,辅导她写作业。"

姨爹想了半天,还是摇摇头:

"这,小青能同意吗?"

其实他心里想的是:人家都说我逼疯了老婆,这回若再让小青离开上海跟大柱去乡下念中学,人家就会说自个儿把亲生女儿也给气走啦,这实在有点说不过去。

但大柱哪能猜到他姨爹的内心活动呢?他仍旧劝说着:

"这您不用担心,我去跟小青姐姐说,她会愿意去的。之前她还跟我说,她很想去我们老家爬山游玩呢!"

"真的?"

"当然。"

"那你就先帮姨爹,找你小青姐姐说说?"

第二天晚饭后,刘大柱就轻轻地将叶小青叫进了他的小黑屋。看他紧张兮兮的样子,小青的脸先红了,一个劲儿地问大柱:

"叫我来干吗呀?"

"叫你来讲题,做作业呗。"

"那干吗这样偷偷摸摸的,像是我俩在搞什么秘密活动。你没见狐狸精天天像捉贼似的盯着我啊!"

听叶小青这么一说,刘大柱就笑起来了。

叶小青说:"你还笑,你是怕我家还不够乱,是吧?"

刘大柱坦然地说:

"怎么着你也是我姐姐呀,还怕我欺侮你不成?为人不做亏心事,半夜敲门心不惊。来,来来,你先坐我小床上,很干净的,老弟我还真有一件事要跟你正式商量一下呢。你先听我说哦。"

大柱接着说:

"是这样的。昨晚睡前,你爸过来给我送饼干,怕我昨晚光看你们吵架了,没吃饱饭。"

"是吗?呵呵,我爸这次还行嘛。虽然他没给我送点心,但他能想到给你送,说明他还没被那个狐狸精迷得不成人样。"

大柱又说:

"是啊,是啊。呵呵。我看这个家里呀,倒是你自己被那个金曼丽气得像个恶婆子似的,没有一点小女生的美好样子了。"

这一说不打紧,但见坐对面的叶小青怒目圆睁,霍地起立,直冲刘大柱而来。

慌得刘大柱赶紧起身拦截,用双手推挡着说:

"别,你可别冲过来再扛翻我的桌子了,晚上我还要写作业哩!你好好坐下,继续听我跟你说正事。"

"昨晚你爸说,家里总是这样不太平,影响你学习,怎么办?我就说办法还是有的,比如让小青姐你跟我一起回老家,到乡下洛镇中学去念书。洛中的教学质量挺好的,你爸一听就听进去了。只是他担心你不同意,就让我先找你说说看。"

"哦,呵呵,原来你今天是替我爸当说客来了。高,真是高,比那部抗战电视剧里演的日本鬼子还高!但是你怎么能忘了,你是亲口向我表过态的,说一定站在我这边,咱俩联合起来共同打败狐狸精,为我妈报仇雪恨!我如果跟你去了乡下,那这'平安弄9号'就成狐狸精一个人的天下了。她可以安稳享受这个小花园的新鲜空气和阳光,还有福婶也成了她的专用老妈子,这也太让她高兴自在了。凭什么呀?不行,绝对不行!"

叶小青的这一番话是一口气说完的,一边说还一边擦着眼泪。

这情景是刘大柱事先没想到的,他也难过起来。本想再用"报恩不报仇"之类的话语劝劝这位表姐,但看人家哭天抹泪的样子,也就不再说了,只是长长地叹了一口气。

本来大柱还想说,其实吧,你爸还是挺后悔的,他觉得在这个家里,最对不起的人有两个,一个是你妈,还有一个就是你——他的亲生女儿。

事情确实是这样。

那天在大柱的小房间,他听了姨爹的一番心里话,说对自己的亲生女儿叶小青,他始终怀着一种非常歉疚的心理。事实明摆着:那一次,发妻李珍与金曼丽激烈大吵时,他没能站出来主持公道,也没有做出半点维护妻子的举动,以致场面完全失控。金曼丽的恶言恶语逼得李珍昏倒在地,当场精神失常，不得不急送精神病院抢救并留院治疗，究竟何时能彻底治愈，于现代医学来说也还是一个未知数。

这使年少的女儿叶小青失去了一个女孩成长期间最需要的母爱，还平白无故给了她一个在"单亲家庭"中成长的问题少女那样难听的名头，让她的同学们对她另眼相看。这对女儿小青造成的伤害实在是太深了，她是完全无辜的。她是他深爱的亲生女儿，无论如何都不应成为他这个亲生父亲风流情事的受害者，但事情却这样发生了。这究竟该怎么办呢？哎！谁能告诉我？谁能告诉我？谁能告诉我……

那天大柱清楚地记得，在他的小房间里，姨爹揪着自己的头发自言自语地连说了三遍"谁能告诉我？"……

那次使得叶小青妈妈精神彻底崩溃住进精神病院的争吵后，叶建国以他能做到的所有方式尽力弥补女儿。比如，在物质生活上尽量满足她，她想要手提电脑，他就马上买来一个最高级的手提电脑放在她房间的书桌上，并且连上网络，让她在心烦时可以打开电脑浏览一下各个网站或玩一下游戏，还给她很多的零花钱，让她有时间请同学出去玩。

这一切究竟是怎么造成的？叶建国也反复思考。在想到自己责任的同时，也不免想到小青母亲李珍的性格缺陷。

早在洛水乡下，当干姐李英热情地把亲妹李珍介绍给他做女朋友时，他就发现李珍在当时的洛水乡下已经算是大龄未嫁的姑娘了。她为什么会迟迟未嫁呢？其貌不扬是主要原因。但在当时，作为孤儿的叶建国正与穷困的爷爷相依为命，根本没有任何经济能力，别说买房买车，连吃饭都成问题，找

第四章 叶小青决定去乡下

老婆自然就只能捡到篮里便是菜了。李珍能主动成为他女朋友,已是来之不易,求之不得。

他俩交往之后,叶建国逐渐发现这李珍真是一个十分难弄的角色,她不可理喻、事事较真,有时说着说着真让人恨不得一个巴掌扇过去。只是想想作为老姑娘的她,心理本就严重失衡,自己若再不让她几分,她会更不开心,两人也就很难继续下去了,一切还是待结婚之后再慢慢调整吧。就这样,两人成了家。

要是后来他们的生活中没有出现金曼丽,只要自己做到事事低调,也许日子还是能过下去的。尤其是有了可爱的女儿小青之后,日子确实多了很多欢乐。

但后来金曼丽出现了,女儿也长大明事理了,这金曼丽就成了她们母女的眼中钉。金曼丽是公司的秘书,大事小情都要随时向他汇报请示。为了工作方便,他答应了她提出的随时到访他家的提议。

于是,她就理直气壮地常来常往了。往往是谈完工作,也就到饭点了,人之常情,他总不能不留她在家一起用餐吧。次数多了,她也就习惯了。

叶家早就雇用了福婶来照顾一家人的生活起居,而金曼丽简直就是一个人精,她只用一点点小恩小惠就拉拢了从农村来上海的福婶,虽然相处时日不长,两人却亲密得像自家姐妹一样。这下,金曼丽随时来叶家时,都有她的那位所谓"福姐"为她开门,做饭也会加烧她爱吃的菜。李珍稍有点不耐烦的脸色,金曼丽就会找叶建国哭诉。叶建国不是没看出其中隐藏的危险,但是和李珍的不可理喻相比,金曼丽的懂事、乖巧、娇弱，让他迷失……慢慢地，他内心打定了离婚再娶的主意。就这样，矛盾越演越烈，直至这个家分崩离析。

小青改变主意决定去乡下的转机，是后来出现的。

那天大柱看到姨爹叶建国与小青商量，下个星期日下午去精神病院探望住院的小青妈妈。

刘大柱马上想到，应该给家里打个电话，叫妈妈也来上海，让她与自己一起去医院探望小姨（大柱认为于病中的小姨来说，他们这么做是完全应当的）。为了确保这事情能办成功，大柱还想好了怎么在电话里说几句打动妈妈的话，让妈妈再忙也要放下手头的事情，赶来上海。

家中的电话号码，大柱是铭记于心的，为的就是万一有什么意外发生时，他可以在第一时间打电话报告爸爸妈妈。现在，他认为到了必须打这个电话的时候了。

问题是到哪儿去打这个电话呢？姨爹家里，那个被小青姐姐称为狐狸精的金曼丽，整天坐在客厅沙发上打电话、煲电话粥，而电话座机就安在她座位边的茶几上。几个人的关系如此紧张，他是不可能去客厅打这个电话的，而他身边也没有认识的可以让他借电话的人。

唯一的办法，就只有花钱去打公用电话了。公用电话亭就在大马路边上，只要从平安弄9号小别墅院子的大门出去，左拐再走十几步，穿过大马路就能看到那个安有玻璃门的公用电话亭。他着急忙慌地出了门，进了电话亭，抬手取下话筒一听，只听见一长串呜呜呜呜的语音。这才知道，这投币电话要连续塞进去五个一元的钢镚儿后，才能开始拨号打电话。他

第四章 叶小青决定去乡下

口袋里只有几张十元的纸币,上哪儿去换硬币呢?只有去路边的摊子上试试了。幸亏离电话亭不远就有个小摊,他三步并作两步地跑去一问,那摊主竟拿着那张十元的纸币左看右看,又对着阳光照了半天之后,才对大柱说:

"现在市面上十元的假钱经常被查到呢。"

"大伯,我拿的这张钱绝对是真钱!它是去年我爸爸给我的压岁钱哩!现在我拿它换钢镚儿,是因为急着要去打长途电话。大伯你就做做好事,帮我换成十个一元硬币吧!"

那大伯拿起钱盒子沙沙沙地摇着说:

"我也就这么几个硬币,要是都换给你,我就没有零钱做找头了。这叫我还怎么做生意啊?"

大柱见大伯说话的口气有点松动,就继续耐心地说好话,抬头等大伯做决定。终于,他的诚心打动了老爷子。他收好大柱手中的十元钱纸币,又将十个硬币码成整整齐齐的一摞交给了大柱。大柱这才弯腰深深地向他鞠了一躬,然后跑到电话亭去打电话。

电话里传来一长串的信号音,这表示电话正常,正等待用户继续拨号,于是大柱拨了家里的电话号码,电话里传来一段美妙的歌声,接着是广告语:

"平安洛水欢迎您。""洛水美丽,美丽洛水等待您的光临。"

这一段呆板的电脑合成音,差一点让刘大柱火冒三丈地摔了电话听筒。好不容易电话通了,却是连续"嘟——嘟——嘟"的长音。这就怪了,家里的电话怎么会没人接呢?接着,话筒里传来了自动回复:

"对不起,您拨打的电话暂时无人接听,请稍后再拨。"

可不是嘛！这时大柱才恍然想起,现在还是妈妈的上班时间,家里没人。于是他迅速改变策略,打妈妈的办公室电话。

大柱拨了妈妈办公室的号码,电话一响就通了。

对方先是"喂"了一声,接着公事公办地说:"户籍办公室。请问您有什么事?"

大柱听出这正是妈妈的声音后,就激动地说:

"妈,是我。大柱。"

"咦,是柱子啊！今天怎么了,怎么想起给妈妈打电话啦?"

"是这样的,我想过几天,让你来上海一趟。"

"喔,什么事呀?"

"事情是这样的,我听小青姐跟姨爹商量,这个礼拜天,他们要去医院探望一下小姨,顺便告诉小姨我和小青姐要到乡下来过年,年后就在洛镇中学念书的事。"

"噢……"

"我想,索性你也来上海,我们一起去医院看望一下小姨吧。"

"我想想,安排好以后再告诉你。"

"妈,我是这么想的。这个星期天你坐火车到上海火车站,我会让姨爹到火车站去接你。接上你后,我们就直接去精神病院看小姨。"

"嗯,这个安排可以。我到上海后,是绝对不会去平安弄的。那个什么金曼丽,我根本就不愿看见她。"

"嗯,妈妈,我懂的。我们看完住院的小姨,晚上吃饭和你在上海住宿的事,姨爹都会安排好的,保证你第二天一早就能回到镇里上班,什么都不影响,好吗?"

"你这孩子,早不说晚不说,都事到临头了,才想起给妈妈

第四章 叶小青决定去乡下

打电话,这叫我怎么办呢?让我想想再说吧。"

"好的,妈妈再见!"

这天吃晚饭的时候,叶建国的手机响了,只见他迅速拿起手机接听,答了一声:

"喔,是阿英阿姐呀。"

接着就急忙离开餐厅,到门口去接电话了。

过了一会儿回到餐厅,刚一坐下,那金曼丽便迫不及待地抓着他问东问西:

"谁的电话?什么阿姐阿妹的?"

"你说什么呢!吃饭吃饭,等有空了再跟你细说。"

其实这一通电话,同样引起刘大柱的极大关注。而且大柱的心里更急,他知道这肯定是妈妈来的电话。她是怎么说的?到底来不来上海?他迫切地想知道。但被金曼丽这么一搅和,他又不能马上问了。

刘大柱急急忙忙吃完饭后,就拉着他姨爹到外面说话:

"是我妈妈来的电话吧?她怎么说的?"

"小鬼头,原来是你打电话通知你妈妈的啊!你这个卧底特务的情报工作,可真正是做到家了!"

"嘿嘿,姨爹,对不起!的确是我打电话报告妈妈的。怎么样,明天我坐你的小车一起去火车站接妈妈行吗?接上后,你、我、小青姐姐和我妈妈一起直接去医院,行吗?"

"行是行,可你妈刚来上海,我不陪她上我家坐坐吃杯茶,这过意不去呀!"

"唉,姨爹,你也别想那么多了。我妈说了,她是不会来这里的,她怕碰到金曼丽。"

这么一说,叶建国就不说话了,他告诉大柱:

"也是。这样吧,明天中午,你和小青就在家里等着我,等我开车到院门口了,我按两声喇叭,你俩就立即出来,我们就直奔上海火车站。"

"好咧!"

上海火车站总是人来人往,热闹非凡。叶建国熟门熟路地找地方停好车之后,就带着两个小家伙往火车站的东出口走。因为列车到站时间未到,他们就只能在出站口等着。

接上李英后,叶建国开着小车带上三个人,去郊区的精神病院探望叶小青的生母李珍了。

到了医院,找到李珍的病房。大柱妈妈看着在走廊上游走着的穿白底蓝条病号服的精神病人,还未见到自己的妹妹李珍便已难过得泪流满面了。进入病房,抬眼看到在病床边的靠背椅上呆坐着的李珍,她不禁"哇"的大叫一声,便冲过去扑在李珍身上。同时冲上前去的,还有边哭边大声叫着"妈妈!妈妈!"的叶小青。

休养中的李珍显然受到了惊吓,面对紧搂着自己的亲姐李英,叫不出一声"姐姐",只对着小青叫了一声"囡呀",叫得叶小青眼泪止不住地流。幸好,她是带着一张高分的数学试卷去的,这时赶紧拿出来交给妈妈。

李珍打开试卷看了起来,右手伸开来在右上角那大大的数字"82"上抚摸着,手指顺着"82"的笔画描了一遍后,脸上露出了难得的笑容:

"这是82分呀,比及格60分还高出22分哩!这是我女儿

叶建国、小青、李英、刘大柱在医院探望小青妈妈李珍,小青带了一张82分的试卷给妈妈看,妈妈指着"82"分笑了!没想到好成绩还能帮妈妈治病。

自己做出来的吗？"

叶建国马上接着她的话头说：

"那当然啰！这是模拟考试啊，相当严格的呢！珍啊，你知道吗？我请了你外甥大柱到上海当阿拉小青的陪读，两人天天一道去学校上课，一放学就一起回家写作业。这么一来，女儿的学习成绩真的是步步上升啰！每次小测验的分数就没有下过60分。所以这次模拟大考得82分，一点也不奇怪。真是多亏了我们大柱子啊。"

说来这可真是一个神奇的时刻，此时的李珍像是存心要让她亲姐看到自己最好的状态，听叶建国说完女儿的进步之后，竟十分合作地转身拉住大柱的手，动情地说：

"柱子啊，我的好外甥哎！你就陪着小青姐在上海读书吧。"

精神萎靡的李珍原本是坐在病房的靠背椅上翻看小青试卷的，现在竟高兴得站了起来，还挺自然地伸出右手揽住了叶建国的后腰。叶建国见状也很机灵地伸出双手一下子圈住了李珍的脖子，并趁势将她往自己的胸前一拉。这一下两人就像拥抱一样，亲热地搂到了一起。站在一旁观察的女大夫高兴得一边跺脚一边拍手，边拍还边喊道：

"好啊，好啊！李珍这病有转机了。好啊！好啊！这太神奇了，我要马上去向院长报告，这太不容易了。"

说完，她忙不迭地从病房跑了出去。

面对这一幕，叶小青也吃惊得睁大了双眼，她喊道：

"爸爸，妈妈！"

才喊出这么一句，叶小青便喜极而泣，坐在靠背椅子上呆住了。她想：

第四章 叶小青决定去乡下

"考试分数真有那么重要吗？竟能给妈妈的康复带来那么大的希望，这实在太神奇了。照这么说，起码为了妈妈，我也得认真听那个讨厌的朗朗朗的课哪！"

这时，坐在李珍身旁的李英开口了：

"哈哈，阿拉柱子真有这么大本事？不仅自己能读好书，而且还能带着小青读好书？"

李英说着转身拍拍她妹妹的身子，继续说：

"珍啊，如果真是这样，你也别担心，我一定会将儿子留在上海陪小青读完中学的。你放心好了，阿姐心里有数，不会骗你的。你相信我，在医院住着，听医生的话，好好吃药治病。好吗？"

"好，好，好的。我相信你。"

这时，小青却突然走到她妈妈面前说：

"妈妈，不行，不行。那个金曼丽是不会好好让大柱住在家里，陪我读完书的！我想，我还是跟大柱一起去乡下读中学好了。我在那儿一定好好学习，读完初中读高中，然后努力考一个好的大学去那边读书，毕业后就留在那边工作，那样就再也不会遇到这个金曼丽了。"

不想小青的这几句话又刺激了李珍，她当即如恶鬼附身般大叫一声：

"金！金！怎么又是金？！"

看着李珍像要晕倒的样子，吓得叶建国赶紧呼叫医生来打镇静剂。

经过医生的安抚处理后，李珍睡过去了。

在受过值班医生的一通批评之后，他们一行人只得乖乖离开病房，来到叶建国的小车旁。叶建国对李英说为了欢迎她到来，晚上准备了宴席，叫了一大帮朋友，却遭到了李英的坚定拒绝。她说：

"叶建国啊叶建国，你可真是个得志便猖狂的白眼狼！一个小小经理还招什么女秘书，结果招了个狐狸精，把我好好的小妹气成神经病。我还有什么心情去吃饭！你们那什么破房子，我也是不会进的……"

在李英激动地说话时，刘大柱站在他妈妈身后，不住拉他妈妈的衣服，意思是说，好了啦，你就少说两句吧。

无奈，叶建国送李英去了宾馆又安顿完叶小青和大柱，便只身赴宴了。

这之后，小青心里就开始惦记着去大柱的老家洛水镇读书的事了。

小青忙着找行李箱收拾衣物，老成持重的刘大柱首先向叶小青指出：

"姐，你先别忙着整理衣物。我们是转学呀，总复习更要紧。下学期你转学到新的学校新的班级，总得拿出一张像样的成绩单来才行，得让人家知道你是从上海转来的优秀生才好啊。"

一说到复习迎考，叶小青便头皮发紧。因为在这些日子里，总有两个画面在她的脑海中闪现：一个画面是正在住院治疗的妈妈，以及妈妈看到她得了82分的好成绩后的笑脸；另一个画面则是在"叶金之战"中大获全胜，终于将眼中钉成功赶出别墅的狐狸精金曼丽露出的得意忘形的笑脸。这两幅完全对立的笑脸图，在小青的脑海中不停地翻滚绞杀，直刺激得她彻夜无眠,人的精神也一下子垮了下去。

心理上的严重不平衡,使叶小青始终想不通:"叶金之战"中自己明明是胜方,结果却是她自己不得不搬出美丽的花园别墅,让金曼丽独自享用,让"小三"堂而皇之地鸠占鹊巢。这还有天理吗?

她情绪低落、彻夜难眠,白天提不起精神,而一到晚上该睡觉时却双眼灼亮无法入睡,最后还发展到食欲全无。

因失眠和缺乏营养,她思维混乱,理解力、记忆力大大下降。复习数学时,连最简单的乘法结合律和交换律也理解不了,更记不住具体的运算方法,令刘大柱焦急万分。当他多次辅导解说都无济于事时,就急得在小青面前跳脚大吼:

"姐,你究竟怎么啦?再这样混下去,你这学期的期末考试会通不过的啊!到那时,你还怎么拿一张满意的试卷去医院探望你妈妈,让她再次露出欣慰的笑容呢?为了你病中的妈妈,你也得打起精神来,下定决心先不去想金曼丽的事,集中全部精力好好复习啊。你得好好理解一下最后这几节总结性的内容,能灵活运用才行啊。"

在刘大柱一遍又一遍的劝说和抚慰下,叶小青终于开始进入总复习状态。但因为有金曼丽的不时干扰,小青的情绪时好时坏,非常影响复习成效。刘大柱一边为小青讲解总复习的内容,一边还得时时提醒她,让她一定要将金曼丽放到头脑的角落雪藏着,千万不要让她出来活动,影响复习。大柱说:"大人们不是常说一句话,叫'眼不见,心不烦'吗?这是很对的呀。你就当看不见金曼丽,那这心就烦不起来了,不就可以安心投入总复习了吗?"

叶小青这一天心情还好,所以能一边乖乖听大柱劝说,一边不住点头称是。

"可是,一天三餐饭,不还是得坐在一桌吃吗?怎么办?"叶小青说。

"这个嘛,还是有办法的,你放心。"

刘大柱其实早有打算,当即提出了分桌吃饭的计划。经过这一段时间的相处,刘大柱已经成熟了许多,他知道要办成这件事,必须通过一家之主叶建国。于是,他再度将姨爹请进了他的小房间。

"姨爹啊,我今天找你来,是为小青姐安心投入总复习迎大考的事。"

"那你好好陪着她复习就行了嘛!还找我干什么?"

"也不是那么简单啦。"大柱说。

"怎么就不是那么简单了?"

"因为,因为干扰还是有的。"大柱接着说。

"什么干扰?谁干扰你们复习了?"

"本来,我都跟小青姐说好了,很快就要大考,这段时间一定要集中全部精力好好复习,不再为别的人或事而分心。要照大人说的做到眼不见心不烦,撑过这几周,考完试我们就离开上海回乡下去。她也答应得好好的。只是这回她提出来,还有一天三餐饭要见到那个谁,影响心情。这可怎么办呢?"

大柱看着姨爹继续说:

"我说这也好办,让你爸跟福婶说,晚饭我俩就在厨房小餐桌上吃好了。只要您能同意再买一张小餐桌放在厨房角落里,再麻烦福婶另外为我俩单装饭和菜就行。吃完我们可以自己收拾,这样也不会太增加福婶的工作量。姨爹,你看这样行不?"

"行行行!这有什么问题。"

在叶建国的支持下,分桌吃饭的方案很快落实了。虽然小青还是能听到金曼丽一个人在餐厅里发出的叫骂声,但毕竟是"眼不见",心也静了许多。叶小青高高兴兴地与大柱吃了几顿安生饭,人也变得有精神了,看书时不再哈欠连连。

但树欲静而风不止,事情并不像大柱设想的那么简单。每当大柱和小青吃饭时,金曼丽总会偷偷摸摸地从厨房的玻璃门外往里张望。她要看看他们姐弟俩在吃什么,如看到小餐桌上有鱼肉蛋等不是由她采购来的菜,她便会大喊起来:

"叶建国,叶建国,你这个鬼东西,竟背着我给这两个小鬼开小灶。这算什么事儿?!"

一下子又弄得叶小青吃不下去饭了,于是叶小青跟大柱说:

"要不我们赶紧走吧,离开上海到乡下去,难不成她还能跟着我们到乡下去?"

大柱立即纠正她:

"姐,你怎么又犯糊涂了?我们还没大考哩,怎么走啊?我们现在更应该跟她对着干才行!她生气,我们应该高兴才是。我们应该更有滋有味地好好吃饭,吃得饱饱的才有精神搞好总复习,迎接这一场关键性的大考。你争取门门得个 80 分以上的好成绩,再去医院跟小姨告别,离开上海去洛水乡下过个热闹的春节,是吧?"

叶小青听毕,点点头,表示她这回真正听懂了,又拍拍脑袋、拍拍胸脯,表示她已经记在心里了,从此会好好复习,一心迎考。

第五章 离开上海来到刘庄

小青发现,他们乘坐的汽车出发后,通过高速收费口,开上了沪杭高速公路。

　　小青以前没出过远门,所以也没见过高速公路。这回一见,才发现高速公路与印象中的公路完全不一样。首先是路面十分宽阔、平整、光洁,路面上的行车道标志十分醒目,像画在画布上一样清晰。尤其两侧绿化带上的绿树红花,更将高速公路装扮得十分整齐、美丽。可怜叶小青每天投入在与狐狸精的战斗中,而被迫在家"隐居"了很长时间,没想到外面的世界竟建设得这么美丽。这让叶小青的心情霎时好了起来。

　　而此时,爸爸驾驶的轿车开上了这么开阔明亮的高速公路后,更是快得好像要飞起来,风驰电掣般往前直冲。小青看着前方路面上的标志,路面上作为白色行车标志的一条条白线和"60""80""100""120"之类的数字提示,令她的双眼模糊起来,不一会儿眼前就完全失去了路面影像,进入了睡眠状态。

　　叶小青真的睡着了。毕竟还是小孩子,她不知道,以她目前的身体状态,要是让大医院的专业医生诊断起来,结论肯定是得了"轻度抑郁症",或者说是"情感性精神疾病一期"。从专业的角度来说,如不及时控制和治疗,这种病的发展会十分迅速,很可能会从轻度的心情不佳迅速发展到忧伤、悲观、绝望,直至自杀以求彻底解脱。

车子是什么时候经过松江、桐乡这些地方的,她一概不知。当她被刘大柱大力摇醒,迷茫地睁眼往车窗外望时,只见高速公路的左边有一条宽阔的大河。大柱告诉她:

"姐,这就是有名的大运河。不过这一带的当地人,一般称它为洛水河,还有直接叫洛河的。实际上,它只不过是大运河中比较宽阔的一段水面而已,并不代表中国地理上真有一条名为'洛水'的河流,所以在地图上是查不到的。再往前不远就到我们未来要读的新学校洛镇中学了,它所在的地方就叫洛水镇,是中心城市的卫星城呢,很繁华。"

"比上海还繁华吗?"叶小青逗刘大柱。

"那怎么可能!姐,你尽说笑话。"

"哟,不是你自己说的,挺繁华的呀!"

"哈,我只不过想为你介绍得好一点,让你欢欢喜喜地到这儿来嘛。"

大柱又说:

"不过你放心,我以后一定会正式带你来玩一趟的。喏,你看前方,这是唐塔,这是钟楼。这个镇上有很多很多这样的历史古迹呢。所以这里真是国家认定的历史文化名镇,不是我吹牛哦。"

刘大柱边说边用手不住对着窗外指指点点,如数家珍般向叶小青介绍着他家乡美丽的风景。

叶小青喝了几口装在保温杯里的温开水之后,才恢复了应有的精神气,并且努力挺直身子坐正了,一会儿,车子掠过公路左侧的一排排房舍屋宇,刘大柱又开始指点起路边那些高矮不一的楼房和平屋,告诉小青:

"姐,这是洛水镇的郊外,再往前就进入我的家乡李刘社区了。李刘社区就是由我们外婆家所在的李庄和我家所在的刘庄两个最美丽的自然村所联成的一个社区。"

说话间,车子已经开进了一条小而狭的街道,别看街道狭窄,却是十分热闹。也许是快要过年了的缘故,小街两侧的小店里,每一家都人头攒动。各色小店铺和一个叫"太平洋百货"的迷你商场,正在搞迎春节打折大促销活动,门口还立起了一道大红的充气拱门。又经过一幢稍显洋气的二层小楼,大门边的屋柱上挂着一块印有"李刘派出所"五个黑色大字的木牌。

刘大柱兴奋地说:

"姐,你看这里这里,这楼就是我妈上班的地方!"

车子往前又开了一小会儿,这条短短的街道就到头了。一离开热闹的街道,前方豁然开朗,一片开阔的农田铺展开来,还有左右分岔的两条马路。往左那条竖着一块箭头指向"李庄"的路牌,往右那条路边立着的则是一块箭头指向"刘庄"的路牌。

刘大柱兴奋地告诉叶小青:

"你看,往左边是去李庄的路,往右边就是我们要去的刘庄。车子如果再往左开一会儿,就到我们外婆家了,一点都不远。小时候,我自个儿走着到外婆家送年货,总感觉一会儿就能走进李庄大门里头的外婆家。外婆一看见我来了,总会立即从榻上坐起来,先问我累不累,我总回答不累,并告诉她从刘庄到李庄,我不用费什么劲就能走到。嘿嘿,这么一说,外婆就会抬手摸摸我的头,摸摸我的肩膀,然后说一句'哈哈,我们大柱真是长大了,脚劲这么好,将来说不定能上山打老虎吧'。外婆接着会说她自己,'我要是空着手从李庄走到刘庄,走进你家后,非得在你家床上躺着大喘气不可,怕是三天都缓不过劲儿来呢。'"

就在刘大柱这么啰里啰唆说着话的工夫,他们的车子已经往右开上了一条砂石路面的乡间公路,路两侧仍是广阔的农田。

"姐,你注意看着,再往前不远就能看见刘庄了。这就到家啦,你也别再睡啦!那里肯定有很多老同学在等我回来呢,他们都想吃我从上海带来的新鲜零食呢!一会儿,我一个个给你介绍,他们一个个都很有趣的呢!"

"一帮小屁孩,有什么可介绍的?倒是我问你,你带零食来了吗?"

"天哪!在上海时只顾着理书包,连一张糖纸都没带来。这回完蛋了,他们不放过我可怎么办呢?"

"这我可管不着,谁让你这么爱吹牛!"

"哎,他们都很活泼的,对我也很好。你见到他们也会高兴起来的。反正到时候你看好了,我不骗你的。哎,只是这一趟我从上海回乡下,身上一点零食都没带,这帮家伙可别把我的手脚给啃啦!嘿嘿!"

"你在上海的时候,怎么不去旁边的超市里买点呢?这会儿要到家了,空着手,看你怎么向那么多男女同学交代!"

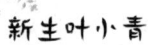

"没事的,我这些同学都很好的,不会在意。我又不是在上海挣钱发财,放假了,穷学生空手回家也是理所当然的。"

"嘿嘿,你还有理了。"

"到了,到了!"

刘大柱不理会叶小青的数落,只兴奋地发出"到家了!到家了!"的呼喊。话音刚落,车子就开进了刘庄的路口。

大柱家是一幢典型的江南民居老屋,乌瓦白墙,黑色的马头墙两头高高耸起。大门顶上虽然没有气派的门楼,但建有一块长方形的砖壁,至今还残留着一些贴过红纸的痕迹,可能还是刘大柱父母早年结婚办喜事时留下的痕迹呢!

当他们的轿车在大门外左侧的空地停下时,叶小青发现大柱家门外竟人头涌动,十分热闹,各色人等在他家大门进进出出,但都不像中学生模样。

原来,一群青年男女正忙碌地往大柱家大门两侧的门柱上贴春联呢!小青抬头细看,只见上联写的是"乾坤万里迎新岁好吉祥";下联写的是:"人生四季有保障真幸福";横批上的四个字是:"恭贺新禧"。

上联"乾坤万里"对下联"人生四季"倒是很不错,但大门正中间却倒着贴了一个"福"字,明显是贴倒了。她正想上前指正,却被大柱一把拉到一边:

"'福倒了'就是'福到了'。这是祝福主人家福到了的意思,是好意。乡下都是这么做的,并不是真的贴错了。你别去跟他们说什么哦,否则反而要被他们笑你是一个上海来的'木头人'。"

叶小青嫣然一笑说:

刘大柱和叶小青返乡过年,车到家门口,一帮同学在刘家大院门外迎接大柱回来。院门外还有人在贴春联。

"好,我明白了。没想到乡下的花头还蛮多的,哈哈。"

这群年轻人是一家名叫安定保险公司的业务员,他们正在利用春节开展送春联拉保险的活动。贴完春联,他们忙向主人家告别,扯着喉咙亲热地朝大门内高声喊道:

"李所!李所!你快出来看看,我们这样贴,行不行呀?"

他们口里叫的"李所"是李所长的简称。大柱妈妈虽不是所长,但那些业务员为了拍马屁拉关系,是一定要这么往高里叫的。

大柱妈妈闻声从门里快步走了出来,一出门就举手顶了顶头上的大盖帽,看过春联之后,才像首长做报告似的,向门口站成一排的年轻人说:

"很好,很好!也祝你们新年快乐,业务兴旺!但我不是所长,以后你们叫我李阿姨就好,不能叫'李所'的。你们真是太客气了。好吧,我家的参保合同待过年以后,我到派出所上班时,你们直接来找我办理好了。你们放心,我答应过的事,不会不作数的!到时候签合同付保险款,我会一次性给你们办结。"

"好,好,好。那李所再见!"

那班青年男女还是口口声声叫着"李所李所",听到主人明确表了态,这才放心地告别走人。只送一副春联就谈成了一笔业务,看得叶小青憋不住想笑。

就在这时,又有一帮更年轻的男男女女从大门内涌了出来。带头的是一个长腿长胳膊的女孩子,大眼睛亮亮地看定了站在车门边的刘大柱,只三步一跳就跃到了他面前,嘴里喊着:

第五章 离开上海来到刘庄

"大柱、大柱,你还真赶回乡下过年来了呀?车里的这位小姐姐,就是你的上海表姐叶小青,是吗?"

听到有人在车外喊自己的名字,叶小青将头伸了出来,但见眼前的这个女生脸色黑红黑红的,显得非常健康,个子也高高的,刘大柱站在她旁边竟显不出一丁点"大柱"的威风。看到叶小青要下车,刘大柱连忙正式向他的小青姐姐介绍道:

"小青姐,这就是我跟你说起过的跟我同校同班又同桌的同学刘佩琴。她很厉害的,是我们学校运动会女子跳远第一名,也是我们学校女子跳远纪录的保持者。将来,她可能会被省体校少年田径班招去备战省运会,专门练女子长跑、跳远。只要能在省运会上得个名次,她就能成为专业运动员了。哈哈,这不比上大学找工作还美啊!"

"行了,行了,刘大柱。你少说两句,我还能拿你当哑巴卖了不成?"

刘大柱嘻嘻一笑,又推过一个短头发的女生向叶小青介绍道:

"小青姐,这个女同学也是我同班同学,名叫刘金铃。她歌唱得好,是我们班的金铃子。而且她家就在我家隔壁,哈哈!以后你可以天天一起床就去找她玩。她什么都会,下棋我都不是她对手呢!"

"怎么?你们班只有女生,没有男生吗?"

"有啊,有啊,嘿嘿。这些坏蛋不老实,他们一定都跑远了,要过一会儿才会来看我吧。"

正四下张望,这就来了位被刘大柱称为"运动健将"的大高个男同学张刚强。张刚强个子足有180厘米高,头大,身材也挺魁梧,站在面前就像座黑铁塔似的。刘大柱赶紧把他拉过来,那张刚强别看人高马大像个硬汉的样子,见了女生却显得十分腼腆。他先伸出大手掌与叶小青的小手碰了碰,接着嘴上又笨笨地说了句:

"你,你好。"

弄得小青都有点不好意思了。

还好张刚强紧接着就与大柱说起了昨天刚刚打完的班际篮球锦标赛的事。他们班有点出师不利,对手火箭班的几个队员个子不高,但个个体力都好得很。再加上班里又少了体力较好的后卫刘大柱,最后 32 比 42 告负,只能乖乖地交出了在教室里挂了一年的三角形红锦旗。听到这一消息,刘大柱捶胸顿足,伤心不已。但事已至此,也没办法可想,只能等下一个赛季再努力了。

第六章 在乡下祭灶、谢年

叶小青离开大都市上海到了乡下,就如换了个天地。在上海,一天到晚你看到的总是人山人海的场面,放眼望去无处不是涌动的人流;人们在马路上挤来挤去,上了公交车还是挤;无人不是忙忙碌碌地拎着个包,或是上班下班,或是去赶各种场子,生活里只有一个"忙"字。可一来到乡下,这些忙碌的人像是忽然不见了。现在小青见到的人不仅少了许多,而且一个个都像没事干的样子。他们不慌不忙地、很自在地在菜市场或家门口闲逛,不是采购副食品便是宰鸡杀鸭,准备着过年过节要用的物什。

令叶小青感到新奇的是,当地人居然还在沿用农历来记日子,这让她觉得很难适应。幸亏身边有土生土长的刘大柱陪着,他会适时地提醒她,当前的日子农历是几月初几,公历则是几月几号星期几。比如,大柱说今天是农历十二月的廿三日,也就是老百姓常念叨的"腊月二十三",是民间传说中送灶神上天的好日子。传说在这一天,驻在各家的灶神都将上天去汇报他所驻的这户人家一年里经历的好事与坏事,这便是书上写的"上天言好事"。所以在灶神上天前要祭拜灶神,希望灶神在向天公汇报时能多说自家做的好事,少说或不说坏事,希望在即将到来的新的一年里,天老爷能保佑一家子全年平安无事,兴旺发达。

从这个意义上说起来,各家各户的主人在这位天公大使升天之前拍拍马屁,是很有必要的了。

千百年来,乡下一直流行着"祭灶"的习俗,祭灶有专门的仪式和物品。比如灶神在出发前,人们要给他吃点甜品。为此,乡人专门开发了一种名叫"祭灶果"的甜素点心,供在厨房灶头上的菩萨神像(就是一张长方形的木刻彩印菩萨像)前。经过一年的烟熏火燎,到农历十二月二十三日这一天,人们将神像从神龛上请下来时,彩色神像已变得黑乎乎的,人们很谨慎地拂拭一遍神像,再把它粘在一个很新很亮的木架子上,摆上供品,意思是先给灶神甜甜嘴,以确保他在天公面前能把话说得甜一点。

然后点上香烛,用香气和烛光以及袅袅升起的香烟告诉灶头上的神灵,可以下来吃点心并接受主人家的礼敬送别了。这个必须在灶间进行的颇为隆重的仪式,就叫"祭灶"。

当然,大柱家也不例外。虽然现在燃气已经普及,但大柱妈妈在使用煤气灶的同时,坚持保留着老房子里的大灶,一年里特意用木柴生火煮几回米饭,让灶神能闻到人间的烟火气。

大柱和小青到家的那天下午,大柱妈妈特地请了半天假,赶回家打扫灶间,以便带领一家老少举办一场"祭灶"礼,送灶神上天言好事,保来年全家发达平安。

小青到家后,也很有兴味地站在大柱家的老房子里,看穿着正装的姨娘双手合十,站立在灶前很虔诚地先敬个举手礼,接着又合掌拜了又拜。这就算是土洋结合为灶神送行了。行礼的同时，姨娘嘴上叨叨咕咕地念着经，据说那念的也不是真的灶神经，只是嘱托她家灶神上天后要言说的好事。村里的男孩女孩从小就接受敬畏灶神的教育，比如警示他们不能做坏事，尤其要爱惜粮食，吃饭时不能往地上掉饭米粒，掉了就得先念一句"罪过，罪过"。这既是检讨，也是乞求原谅，然后再将掉到地上的饭粒捡起来吃下去或者放入泔水桶中喂猪，绝对不能用脚踩平企图骗过父母，否则那就变成大罪过了。因为这么做或许能瞒过父母的眼睛，但神通广大的灶神却看得清清楚楚并且会记上账，待过年前再带着这资料上天去向天老爷做汇报，天老爷听得大光其火时就会一边轰隆隆地打雷，一边呼啦啦地掸"龙光闪"（方言，指闪电），怒气冲冲地来收拾地面上这个犯了罪过却企图蒙混过关的顽皮小子。

这会儿，姨娘正向灶神祈祷，希望他们刘家一家子来年平平安安、六畜兴旺、五谷丰登。她先跟灶神说自己的丈夫刘玉树，希望他的身体能完全康复，凡他所做的事样样都顺利——种田年年丰收，做生意财源滚滚，当协警月月都立功帮公安捉逃犯得奖金；接下去又说儿子刘大柱和外甥女叶小青，希望他们快快长大，读书门门功课都优秀，体育成绩项项不落人后，能奔能跑。

说完，她又耐心等了几分钟，待香烛快烧尽了，拔了香烛，再"哧啦"一声扯开祭灶果的包装袋，把里面的点心分给家人吃。她先将一只大大的"红蛋"给了小青，因为小青是客人，难得这次随大柱一起来乡下，正好遇上过年的好日子，多少高兴！叶小青开心地从姨娘手中接过"红蛋"。姨娘说声"吃"，小青听话地低头咬了一大口，只听"咔嚓"一声，那"红蛋"原来是一个糯米果,里面没有馅儿,而且又脆又甜,外面涂的红色,是十分安全的红曲粉,用来表示喜庆和吉祥。

又过了几天,照大柱的说法,这就到了"腊月廿八"了。土生土长的刘大柱还知道他们乡下有一句老话,叫"十二月二十八,没得办法"。拼音学得很好的叶小青,听出来这句话中的"八"与"法"用了同一个韵母。因为押了韵,所以这话听起来特别生动。但照大柱的解说,这句话的内涵是很悲苦的。说是在旧社会,出门在外讨生活的穷人,必须在这一天或之前赶回家来,因为欠地主家的田租和借款必须赶在年前还清。老电影《白毛女》里的杨白劳,不就是冒着风雪赶回家去向老地主黄世仁交租还债的吗?结果还完债身上实在没钱了,只能给喜儿扯上三尺红头绳过年。

旧中国是一个农业国,在长期的农耕文明下,过年的习俗就这样一代代传了下来。过年前两天,大柱妈妈就请了年假,先回家掸尘,再布置堂前的明堂:地上的大石板早已扫了再扫,用水冲了又冲,呈现出暗红与鸭蛋青的本色,以备在这儿摆放两张八仙桌谢年,隆重地礼供天地神明。

今年因上海的外甥女小青也来过春节,大柱妈妈更是忙得不知怎么张罗才好。吃的、用的、睡的和新衣服、新鞋、新袜都要一样样准备起来,真够他们夫妻俩忙的。

很快就到了年三十。这一天晚间,照老规矩是要在家里的堂前供天地山神谢年的。谢年得先将两张八仙桌按南北方向拼成一张长条桌安放在廊檐下,桌上谢年的供品全放置在四只大供盘和八只小供盘上。这种供盘都是底缘较高、表面平坦的特制圆形浅盘,而且必须用漆成朱红色的木盘,绝对不能

红烛和高香点燃后,谢年开始,先长辈后大柱、小青,几人一一行过大礼,求天神保佑一年风调雨顺,五谷丰登,人人平安。

用红色塑料盘子。

一个大供盘上供着一只洗得雪白的大猪头,猪头在谢年时被称作"利市头",意为来年顺顺利利大发其财;一个大供盘上放着一块方肉,方肉上还得插一把缠了红绒线的小刀,四四方方的肉象征来年能向村里多包几亩四四方方的好稻田来种,并且取得大丰收;一个大供盘上放着一只金黄发亮、昂首挺胸、口衔青葱的大公鸡,表示金鸡报晓,来年全家早出晚归,个个进步、青春勃发;还有一个大供盘上放着一条眼蒙红纸的大鲤鱼,表示年年有余。

四只小供盘用来盛干果,有桂圆、莲子、红枣、花生,代表团团圆圆、年年连升、健康长寿;还有四只盛鲜果,装有福橘、金橘、甘蔗、荸荠,代表吉祥喜庆。

供桌上还得放两盘年糕,要堆得高高的——年糕年糕堆得高高,一年更比一年高。这些装盘的工作,李英都交给儿子大柱去做。大柱已经十四岁了,完全可以帮大人做一点事。大柱觉得做这些事很有趣,便想到叫小青姐姐一起来做。叶小青做得十分认真,暂时忘了远在上海的母亲,就变得开心了一些。

这样,供桌就算摆齐了。之后,还得点上两支喜庆吉祥的红蜡烛。

红烛和高香点燃之后,谢年仪式就正式开始了。先由长辈领头站立在供桌南端,面朝北方行过大礼,接下去分别按长幼顺序或辈分高低在供桌前一一行礼。

大柱一看到红烛点燃,就蹦蹦跳跳地走进房里,去请父母到堂前来谢年。小青先是看到大柱爸爸,穿着一身整洁的正装,高高地抬着头,双臂一摆一摆地跟在他儿子身后,十分郑重地走了过来。他先走到供桌的南端,上前扶了扶香烛,再拜了三拜。然后大柱妈妈也走到供桌的南端,站定后很认真地抬起双手,扶正插香烛的蜡台,接着又仔细整理了一番供桌上的各种供品,这才很放心地在供桌前站定,一边仰头看了看天,一边嘴上念念有词,之后很虔诚地拜了三拜。

接着,穿了新衣服的大柱和小青也在供桌前行了礼。直到红烛燃尽,刘家这一年的谢年礼就算结束了。

谢年结束后,就要全家团团圆圆地聚坐一桌"分岁"了。所谓"分岁"就是吃年夜饭。在江南乡下吃年夜饭时,重头戏是一碗汁水年糕汤。汤是煮大公鸡和四方肉留下的汁水,所以特别鲜美和浓稠。在那样的浓汤里放入绿色的油菜叶和雪白滑糯的年糕片,一碗在手,闻之异香扑鼻,吃之鲜香满口,确实令人食欲大开。全家团聚同吃年糕汤实在是一件幸福的事,因此成了很多人难以忘怀的回忆。

要开始吃年夜饭了,小青不禁想起了不在自己身边的亲娘。她担心,万一这时候妈妈正清醒着,而且还想起过年这档子事儿了,心里不知会怎么急着想见自己。这么一想,小青便又伤心起来。什么祭灶、什么谢年、什么汁水年糕汤,没有亲爱的妈妈在身边,这一切又有什么意思呢?

不过小青是一个特别识大体懂礼数的女孩,当她抬眼看到姨娘兴高采烈地热情招呼全家老少开心吃喝的样子,知道自己不宜在这种场合流露出不开心的情绪来。这么一想,小青决定暂时抛开一切。

这一顿年夜饭吃得十分称心,小青直喊吃饱了,吃得太饱

了。姨娘则总是在一旁搂着她,一边替她按摩肚子,一边不停地劝慰她:

"囡呀,没事没事!过年多吃点,一年都不饿。姨娘一会儿泡消食茶给你喝。你只管吃,挑你喜欢的吃。肉多吃点,多吃点!"

吃了年夜饭后,就要全家一起"守岁"。"守岁"时,一家人先不忙着上床睡觉,而是大人们围桌子坐着,安安心心地一起喝喝茶聊聊天;小孩子们则可以在屋里自由地说笑玩耍。因此,气氛就显得特别欢乐。但小孩往往守不到半夜,放完鞭炮就困了、睡了,大人们则要不动声色地通夜不眠,不折不扣地完成"守岁"这个乡下人过年的重要环节。

小青因吃得太饱,对大柱说:

"我们穿上外套,先到外面去走走,消化消化。"

大柱妈妈见大柱和小青穿上外套出门去散步消食了,就站起来碰了碰正在静坐守岁的大柱爸爸,说:

"来来,我们俩得封两个红包做柱子和小青的压岁钱。"

刘玉树说:"对对对。家里有红纸吗?"

"有啊,我早就准备了。"

李英说着拿过她上班时提的公文包,拿出一张折好的红纸。

发多少压岁钱呢?两人商量道:

"儿子嘛,发个两三百,意思一下就行了。外甥女今年头一回来家过年,得多一点,六百六十六元吧,凑个'六六大顺',现在社会上都时兴这样的。"

刚忙乎完红包的事,听门外传来两个孩子嘻嘻哈哈的笑声,就知道是大柱和小青散步回来了。

于是,他俩各拿一只红包准备着。小青先进房间,两手使劲搓着,说:"还是家里好,外面太冷了。"

李英马上上前一步握住了外甥女的双手,果然冰凉,给她搓一搓,然后顺手就将那个厚一点的红包塞进了小青的手心里。

小青没准备,一见红包就跳起来问:

"姨娘,这是什么?这是做什么呀?"

李英就乐呵呵地告诉她:

"要过新年了,我和你姨爹想着要给你包压岁钱。没有买那种现成的红包,就只能用普通红纸给你包了个红包。"

小青一听就急了,说:

"姨娘,不要不要!我有钱的,我爸给过我好多零花钱的!"

李英一听也有点急了,说:

"外甥女啊,姨爹姨娘知道你有钱。你爸是老板嘛,经济上肯定比我们富裕。但这压岁钱,与普通钱不一样,压岁钱是为了压明年一年的邪气。邪气压住了,正气就上来了,这样在新的一年里小孩就不会得病,身体好,学习进步。今晚睡觉前,你将小红包放在枕头下压着,睡一觉起来就是新年了,它会帮你平平安安度过新的一年,多有意义啊!所以你一定要收好,知道了吗?"

听姨娘这么一说,小青就不再推辞了。她拿着红包,分别给两位长辈行了鞠躬礼,嘴上说了句:

"谢谢姨爹,姨娘!"

"哈哈",刘家夫妇俩也为外甥女的乖巧而高兴得大笑起来。

第七章 欢天喜地过新年

叶小青醒来后，这门外的天地已换了一年，每个人都长了一岁。

大年初一早上一起来，小青先看见姨娘从房门外走了进来。一见到姨娘，小青马上双手抱拳向姨娘揖了揖，并开口说："姨娘，新年好！新年快乐！"

原来是大柱妈妈给小青送新衣服来了，并亲自动手为外甥女更衣，袜子、衬衫、外套——换上，小青从头到脚，焕然一新。也不知姨娘是什么时候给她准备的这些，花色和大小都十分称心合意，就像亲娘为她准备的一样，这令小青感到幸福和安慰。这时，她想起了昨晚姨娘送她的压岁钱。她提起身边的枕头，见到了那只已经被她压了一晚的红包，打开一看，里面有六张红色、一张绿色和一张蓝色的"老人头"，另外还有六个硬币。她立马算出来这压岁钱是六百六十六元，这大约就是姨娘说过的，祝她在新的一年里"六六大顺、身体好、学习好"的意思了。这么一想，她不禁为新年收到这样的一份祝福而开心地笑了起来，真像是一步跨入了人生的一个新阶段。

正高兴间，大柱一步跨了进来，说："小青姐，新年好啊！"

小青也笑眯眯地说:"大柱弟弟,新年好啊!"

过去的一年,似乎就这么翻过去了。姨娘又特意过来替她梳了头,还在她脑袋右侧的头发那儿夹了一朵小红花。这令小青感到意外,揽镜一照,自己好像一下子回到了童年,又变成一个没有任何牵挂的小女孩了。头戴小红花的自己这下子是不是可以出去跟朋友尽情玩耍了呢?跳房子什么的,她都喜欢,只是以前还没玩痛快,妈妈就会跑出来将她捉进屋里去看书写作业了。一想到妈妈,小青又不开心了,幸好没流泪,大柱已经在招呼她:

"姐,今天是正月初一,我俩得去拜年哩!哎哟,才看到你头上这朵小红花!哈哈哈!太美啦,真是上海人进村,比我们村里人打扮得还乡里乡气哦。"

"刘大柱,你笑话我!这还不是你妈妈给我打扮的?!"

别看小青说话时像是有点生气的样子,但大柱分明看到她脸上绽放了美丽的笑容,一双漂亮的眼睛也已经笑得弯弯的,便高兴地说:

"小青姐,你笑了,多好呀!我最想看到你笑的样子了。你再笑一个,笑完我们就开开心心地出发去拜年。好不好?"

"好的呀,只是上哪去呢?我在这边又不认识什么亲戚。"

"跟着我走好了,先去隔壁刘金铃家。"

"金铃子啊?行!她是你从小就玩在一起的青梅竹马。我知道昨天你的心早已飞过屋顶飞进她家,坐在她身边去吃年夜饭了,是不是?"

"是又怎么样?不行啊?"

"当然行啰。只是一会儿在她家,可别又骨头轻得没眼力见儿地尽拿我头上的小红花在人家面前笑话我!"

"怎么会?你放心好了!"

刘金铃是大柱从小学到初中的同学,她爸妈对大柱特别客气,搬出了装炒货的瓶瓶罐罐,打开盖子就让他俩抓里面的吃食:冻米糖、芝麻糖、番薯片、葱管糖、花生果等,都是金铃妈妈精心制作的香喷喷的美食。因为一直存放在防潮的锡罐内,所以一打开就香气扑鼻,吃起来更是又脆又香。

刘金铃爸妈特别热情,一个劲儿地往他俩的新衣服口袋里塞那些香喷喷的零食,直到将所有口袋都装满才停手。他俩恭恭敬敬地向他们鞠躬行礼,才算结束了这一场拜年活动。

除了要好的同学家,大柱还带着小青去了外婆家拜了年,收获满满地往家走。

回家路上,大柱就与小青商量:

"我们到村里的孤寡老人家里去拜年吧。村里好几个老人没有子女,有的自己过日子,有的住在敬老院,过年很是孤单,我们去看看他们好不好?"

"好啊,好啊。"小青一口答应下来。

"不过我们这样空手去可不太行,总得带点礼物去才好啊!"

"但我俩身上啥也没有,带什么呢?要不我们送红包吧,给村里那些困难的老人送红包,怎么样?"小青提议说。

"好啊好啊,这太有意义了。只是我身上没钱,怎么办?现在再开口向爸妈要钱也不行,新年新岁乡下人最忌讳讨债这种事的。"

"这是什么话?我们明明是拿钱去拜年送红包的,怎么能叫讨债呢?当然,这事我俩得先跟姨爹姨娘商量一下才行。

不过你别担心,反正我书包里还有好几千呢!是我爸给我的零花钱,我存着本来想给妈妈用的,再加上你妈妈给我的压岁钱,估计也差不多了。"

大柱显得十分开心。他太知道父母的难处了。几年来,上学要交各种费用,大柱一直将开口向父母要钱视作比跑一万米还要吃力的事。现在听小青揽过去钱的事,像是一下子卸掉了背上的一座大山,他咧嘴笑了。

"那,那我们就先去东边的阿菊婆婆家吧!听我爸妈说,这阿菊婆婆年轻时可是我们村里的女英雄呢。你看到我们刘庄龙溪下的那一个龙溪大水库了吧?当年,那可只是个大山谷呢!是阿菊婆婆带领着'铁姑娘突击队',硬是一趟趟地将石头和塘泥堆起来,才拦住了山谷中间的大溪,再领着突击队的姑娘们不断地填土、打夯,拼尽全力才将那水库的堤坝结结实实地建起来的。干这些活儿都是在冬天的农闲时间,西北风像针扎似的呼呼吹着,天气特别寒冷。那时又很穷,也没有一双好的保暖鞋,更没有防风裤。但大家劳动的积极性特别高,下雨天下雪天也照干不误。作为带头人的阿菊婆婆是共青团员,更得冲锋在前。她就这样战天斗地发扬着不怕苦的精神,结果水库堤坝是筑牢了,人的身体却垮掉了,她患上了严重的风湿性关节炎。一个铁姑娘就这样变成了豆腐姑娘,也成不了家,才五十多岁就走路困难了,也没钱去好好治疗。她一个人孤独地硬撑到现在,生活要多困难就有多困难……"大柱还没说完,小青赶紧说道:

"是吗?那我们赶紧去,就送她一个五百元的大红包,给她过新年用。"小青说完,大柱跟着表态:

"那当然好啊！要不我也拿出一点吧！六十六元，以表示我的一点心意，正好给她零用。"

说着笑着，他俩很快就走到了村东面那一幢草房子前面。那草房子没有门，只在近路边的草墙头上挖了一个长方形的门洞，再挂上一张草帘子就算大门了。幼时常来草房子玩的刘大柱，熟门熟路地站在草帘子外面大声叫起来：

"新年好！阿菊婆婆新年好，我们来向您老人家拜年了！"话声刚落，昏暗的草房子里慢慢地走出来一个拄着一根木拐杖的白头发老太太。她立定后说：

"哦，哦，是玉树兄弟家的儿子大柱子啊，新年好！新年好！大家一年更比一年好，就我这老太婆一年更比一年糟，毛病一年比一年重，眼看起不了床，下不了地，不知到猴年马月才能真正好。哎——诶，这还有一个像仙女一样的小姑娘呀，是你家的客人吗？快一起进来坐一会儿，我家黑，草屋窗小不见光，莫见怪。"

"不会的，不会的！阿菊婆婆，您的身体还好吗？"

大柱边说话边上前扶住了阿菊婆婆。小青也上前一步接过了婆婆手中的拐杖，扶着婆婆进了房间。房间里暗，隐隐约约看见灶上熨着一只黑咕隆咚的无盖瓦罐，里面煮的大概是米粥，正在咕嘟咕嘟冒着泡儿。正观察间，阿菊婆婆已经从窗台上的一个篮里摸出两个茶叶蛋，一人一个往大柱和小青的手里塞。他俩一边弯腰后退，一边忙不迭地推辞："我们在家已吃过早饭了。这两个蛋婆婆您就留着自己吃吧！鸡蛋含有蛋白质，营养很好，您可以补补身体。"

阿菊婆婆说：

"别客气,拿着吧!这是我自家喂的芦花鸡下的蛋,它一天到晚在外面捉虫子吃,长得可强健了呢,生的蛋也香。"

说着她又从床头翻出一张大大的照片给小青看,说这是当年她到省城去参加劳模会,省委一个叫张运军的书记亲自给她挂的大红花,还拉着她拍了这么大的一张照片。

"开劳模会,我在省城的省府接待处住了十来天,吃的那些大餐多少高级!这得花人家多少钱呐!嘿,真像戏文里唱的,好汉不提当年勇啊。想我当年多年轻呀,身体也好,能吃能喝,力气也大得很。不就多担了几趟塘泥造水库吗,能为社会主义建设做多大贡献呀?结果省委书记那么大的官,还亲手给我扎大红花,我有多难为情啊!"

环顾四周,听阿菊婆婆说着这么朴实的话,叶小青的眼眶湿润了。她赶紧从口袋里摸出五张一百元纸币和六十六元零钱,悄悄地放到了阿菊婆婆那张大照片的下面。她只说在大照片下面放了点东西,您等下收好。其他什么也没说,就拉着大柱离开了婆婆家。

从阿菊婆婆家出来,刘大柱跟叶小青商量:

"姐,下一站我们去刘庄敬老院怎么样?"

"好啊,那里面也住着很多老英雄、老模范吗?"

"那倒没有。那里住的是村里丧失劳动能力的老年人和残疾人,都是完全依靠社会供养才活下来的一批老年人。"

"哦,那我想到了一个主意,你看行不行?"小青接着大柱的话头说。

"什么主意?"

"喏,一会儿你把院长找来,我将一个大红包交给院长,但必须以我妈妈李珍的名义,这些钱就用来帮助那些有困难的老年人,你看好吗?"

"好啊,你这主意太棒了!你妈妈也是在李庄出生长大的,说不定这里的一些老年人还记得她哩!"

"是吗?那太好了,你一会儿一定要帮我打听一下,看还有谁记得我妈妈。"

"好的。别人不说,就这里的一个阿炳爷爷,他是一定记得李庄村李林富家的二女儿李珍的。"大柱肯定地说。

阿炳小时候生病发高烧,三天不退,旧社会贫穷落后没条件看医生,硬是将他的双眼烧瞎了。阿炳他妈一看儿子这样,长大也做不成什么营生,可怎么活呀?于是将他送到洛水镇上有点名气的算命馆,去跟一位算命先生学了一点算命、排"八字"的本事。从此,他便手提一面亮晃晃的金黄色小镗锣"当当当"敲着,走村串户去为准备谈婚论嫁的男女双方算命合八字。幸好小时候的那场大病没伤及他大脑,他虽双眼一抹黑,但脑子却特别灵,记忆力更是强。平时他总是一边拿根竿子笃笃笃笃地敲着路面慢慢摸索行走,一边还不让头脑闲着,在口中默默地背着十个天干:

"甲、乙、丙、丁、戊、己、庚、辛、壬、癸。"

背完十个天干,紧接着又背十二个地支:

"子、丑、寅、卯、辰、巳、午、未、申、酉、戌、亥。"

这干支纪年是我们祖先从古代就开始使用的一种独特的纪年方法,奇数与奇数、偶数与偶数两两组合,比如甲子、乙丑等便能分别代表年份,六十年一个轮回。阿炳不但要背熟这十个天干、十二个地支,还要在脑子里努力将它们两两组合起来,转变成公历和农历的年份,再与客户的出生年月及金、木、水、火、土对应起来,以对他或她的命运预测编排出一套尽可能合适的说辞来。就这样不断地背,不断地组合着计算,并努力地记住,一直熟悉到只要对方一报出自己的出生年月,他就能马上报出对方准确的生肖属相。这样一来,往往客户就会对这个算命的佩服得五体投地。那么挣一顿客户招待的饭菜和收一笔数目不大的劳务费,就都不在话下了。

因为阿炳有这种测算的本事,所以在村里被尊称为"亮先生"。而且当年这位亮先生在村里时,也到过李家,为他家一对姐妹花女儿算过命。凭他的好记性,说不定会记得李珍。

说话间,他俩来到了刘庄后山山脚下的敬老院。空旷的大院里,像麻雀落地似的散落着好几幢灰黑色的平房。一进院门,他们就见到一个很大很敞亮的院子,打扫得十分干净,光滑的水泥地面上还放有几张水泥台面的圆桌。每张圆桌周围则砌着八只腰鼓形的水泥圆凳,因为常有人坐,凳面已被不知多少人的屁股磨得锃光瓦亮的,显得特别洁净。因为是冬天,圆凳上还放有用草绳编成的圆形垫子。看来敬老院的管理者对老人们照顾得很细心。

大柱和小青姐弟俩探头探脑地走进院子,只见好几位老人正围坐在圆桌边,专注地收听收音机里播放的文艺节目。那掌管收音机的老人大柱认识,正是他们刘庄的那位名叫阿炳的算命先生。虽然他双眼嵌着两只白色玉球似的东西当作眼珠子,但是完全失明了。可他的双手却非常灵活地旋着收音机上的旋钮开关,一边调频,一边按听众要求调音量。有人说:

"亮先生,调得响一点,再响一点。怎么啦?肯定是收音机里的电池电量不足了,赶紧叫会计去阿桂小店里买两节新电池来。今天的《三国》听得一点都没劲道,要是再不换新电池,明天可能都听不成了。"

说话的是一位只有一条腿的老伯公,粗声粗气的,一看就是那种血压高、脾气暴的老年人。大柱笑着拉过小青:

"走,我们到办公室找院长去。"

此时,收音机里正在讲着《王司徒巧使连环计,董太守大闹凤仪亭》。这一节评书非常精彩,小青觉得新鲜,听得有点迈不开步了。还是刘大柱走过来拉了她一把,说:

"姐,你别光顾着听书,我们该到办公室去见见这里的院长啦。我们不是还有一个重要任务要完成嘛!"

"对对对,我们赶紧去。"

敬老院的办公室就在大院的最后一幢平房里。他俩一进房间,就有一位阿姨站起来热情地招呼他们:

"呦,这不是李英警官的儿子大柱吗?怎么你不在上海读书啦?"

"阿姨好。我是刘大柱,这是我在上海的表姐叶小青,她现在来我家过年,以后就跟我一起在洛镇中学上学了。您是这里的院长吧?"大柱说。

"哎呀,什么院长不院长的,只不过是为住在这里的老年人和残疾人搞点服务工作负点责任,没那么厉害。"

"哦哦,那您就是一位可敬的志愿者啦!这更值得我们中学生尊敬和学习!"

"是的,是的!我们都是在这里做义工的,专为这些老年人做点义务劳动。我叫李梅,是西边李庄人。你俩今天是来看哪位老人的啊?你们把名字告诉我,一会儿我陪你俩去找找看。"

"谢谢院长阿姨,我们是想打听一下,这儿有哪位老人还记得老底子的李庄有个叫李珍的人?"

"哎哟,你说的是李庄的珍珍啊!这谁都不用找,我就记得的。我和她是小学的同班同学。我比她大一点,因此她上学时总叫我'李梅姐',我们都叫她珍珍。我俩特别要好,那时小学里开运动会,我俩总搭档跑女子 4×100 米这个项目,她起跑特别快,只是跑的时候接棒不时会掉,但她很坚强地回头捡起棒子继续跑,而且最后一棒还能追得上去,追不上可就白跑了,不能为班级挣到分了嘛!哈哈!

"怎么你俩也认识她?她好吗?她现在在什么地方呢?以前我听说,她嫁了个上海老板,现在都在上海住别墅坐小汽车了。哈哈,这珍珍福气可真好,她们姐妹俩福气都好。姐姐李英在我们李刘派出所当警官,专门管户口的,拿国家工资,旱涝保收。不像我,连高中都没考上,到现在也没个正经工作,在这儿当个志愿者,为孤寡老人做点事,每天穷开心。"

刘大柱接过她的话头说:

"李阿姨,今天能认识您,我真高兴,我代我妈向您致敬。这位小青姐姐就是李珍的女儿,这次是跟着我一起来我们乡下过年的。她平时积了点零用钱,舍不得花,想以她妈妈的名义在过年这会儿作点捐赠,算是送给敬老院的老人们一个小红包,让大家高兴高兴。过年嘛,就是要让大家都欢欢喜喜的才好呀!刚才我还听那个独腿的爷爷在发牢骚,说收音机里的电池没电了,声音太轻,听书听得没劲道。您就先给他们买三节五号电池吧!他们正愁明天听不成广播了呢!"

说着,叶小青就走到院长办公桌边,笨手笨脚地拉开了手中拿着的一个小包,又从包里拿出一只牛皮小钱包,打开后往办公桌上"哗啦"一倒,花花绿绿的钞票就都倒在了桌面上。大柱一看,那一大堆里既有红红的百元大钞、绿绿的五十元、黄黄的二十元和蓝蓝的十元,也有一元、五角的钢镚儿,的确是小青姐平时积存起来的零花钱。李阿姨喜得眉开眼笑,当场就拿出一只装皮鞋的空纸盒,一边将这些纸币一张张抚平后很慎重地收进去,一边不停地说着:

"谢谢,谢谢你们为我们院里这些老人送来过年慰问金,你们真是我们的好孩子呀!我代表敬老院里的几十位老人向你们表示感谢,也祝你们新年快乐、学业进步!春节过后,我一定要到洛镇中学去给你们送感谢信。还有这位小青囡囡,仔细看,你长得可真像年轻时候的珍珍妹妹哪!你记牢,回上海见到你妈妈一定要代我向她问好。就说乡下的李梅姐很想她,明年你们母女俩一定要结伴一起再来乡下过年。到时候,我要专门请你妈妈吃我亲手做的肉丝草子炒年糕。雪白的年糕片、碧绿的草子,小时候她最喜欢吃这个了。"

听着院长阿姨的话,小青不禁又想起了病中的妈妈和她的不幸遭遇。她想到妈妈小时候,也是与小伙伴们一起上学读书,一起开开心心地在运动会上比赛。那个健康的珍珍现在去哪儿了呢?妈妈,妈妈……心底的声声呼唤,让叶小青难过得差一点流下了眼泪。幸亏院长阿姨及时发现了小青的情绪有点不对劲儿,以为她想妈妈了,于是赶紧转移话题,说:

"你们难得来乡下过年,我让我们院里的亮先生给你们拉拉胡琴唱唱走书吧。过年嘛,大家在一起乐一乐,怎么样?"

"好呀,好呀。"

说完,院长阿姨就风风火火地走到院子里将亮先生领了进来。

那位掌管收音机的亮先生,果然是一位全盲的盲人。小青注意到,他进院长办公室时,先将一只手伸得笔直,摸到门框之后才敢再迈进一大步。进门后,他则将那只右手牢牢地搭在院长阿姨的左肩膀上。院长阿姨慢慢带着他一步步走到墙边的一把长条木头椅子前,站定了。院长停下后,再一转身,伸出双手护住亮先生的腰,将他的身体旋过半圈之后说声"坐这边",他才一屁股坐了下去。那动静可真大,只听得"哐当"一声,那把木头椅子像是要被他坐散架了似的。小青看见亮先生脸上的表情显得有点难为情,他一定是在担心自己落座的动作太笨,让院长和客人笑话了。坐定后,他马上就摸摸索索地从院长手上拿过一把二胡放到膝上,摘下弓子,先"陀沙,陀沙"地调弦,抬头翻着眼睛听听差不多了,这才十分严肃又很有感情地拉了一曲经典的二胡曲《二泉映月》。

一曲终了,小青马上举起双手"啪啪啪"鼓起掌来。那亮先生像是遇到了知音,高兴得只停了一会儿,就面朝小青坐的方向眨着没光的眼睛,主动发问:

"这位上海小姑娘,你会唱《茉莉花》吗?"

"会唱的呀。爷爷您会拉吗?"小青说。

"会啊。"

"好,那您拉,我唱。我们合作一回。"

琴声响起,小青就亮起嗓子唱了起来:

"好一朵茉莉花,好一朵茉莉花,满园花草香也香不过它,我有心采一朵戴,又怕看花的人儿骂……"

一个拉得起劲,一个唱得有情,让坐在办公室里的听众听得如痴如醉。

眼看天快黑了,大柱提醒小青:

"姐,敬老院可能要开晚饭了,我们也得回家啦。"

"好,回家。以后我们再来跟亮先生一起拉琴唱歌。"小青说。

小青跟大柱一起离开了敬老院。两人边走边说话,小青说:

"好奇怪啊,拉琴、唱歌,这两样东西不论城里还是乡下,也不论年老年少、男人女人、眼亮眼瞎,都是那么美好、那么令人愉悦,这就是音乐的力量。艺术真有一种让人相通的能量呢,你说是不是?"

"对对对,以后你一定要多唱唱歌、跳跳舞,让自己高兴起来。"大柱说。

"我给你讲一个有意思的故事吧,它也与音乐有关。我记得小时候,妈妈带我去音乐厅,听交响乐团演奏世界名曲。但中场休息后,我却再也不肯进场去了。那时妈妈还很健康,她问我:'青青,你怎么啦?这乐曲不是很好听吗?怎么不要进去听了呢?'我跟妈妈说:'音乐是好听,但我旁边坐着的那个老爷爷好像是个盲人,他总在摸节目单,窸窸窣窣的,纸片都快贴到鼻子上去了,像是要将它们一口吃进去似的,可即便这样他还是什么都看不见。我害怕,我怕那盲人说不定会传染,要是他把病传给我,我不是也看不见了吗?所以我要回家,不要坐在他身边听音乐。'妈妈听我说完后,就笑着批评我:'你瞎说什么呀?眼睛看不见是因为身体出了问题,它是不会传染的。'听妈妈这么一说,我就放心了,不再担心那个盲人老爷爷会将他的瞎眼传染给我。哈哈,我小时候是不是很傻呀!"

"是有点傻。你看今天这位拉二胡的亮先生,听说他是因为小时候发高烧,才把眼睛烧瞎的。"

两人说笑着,很快就到了刘大柱家的大屋门口。小青远远就望见姨娘一个人束着双手,不时抬头远望着,像是在夜幕中寻找着什么。哦,她是在等待我们回家吃晚饭呢!这不禁又引起了叶小青内心的感动和对妈妈的思念。她加快脚步,一头扑进了姨娘温暖的怀抱。

正月初二早上,叶小青起了个大早,她主动到正间去找刘大柱:

"小柱子,今天去哪儿呢?"

刘大柱有点诧异地反问道:

"你叫我什么?小柱子?那么你是大青女?"

"你是我弟弟,我不叫你'小柱子',还能叫你'大柱子'吗?"

"哦,哈哈,有点道理。所以我可以叫你大青女的,对不对?"

"可以啊,今天我俩怎么安排呢?"

"今天去我同桌刘佩琴家。"

"好啊,那还不早点出发,晚了你那同桌可能走掉了,你去拜个空桌啊?"

"也对。那我们现在就走!你早饭吃过了吗?"

"没吃呀,你不是也没吃吗!奇怪,今天姨娘一早去哪了呢?都没招呼我们吃早饭。这有点反常是不是?"

"哦,我妈之前就跟我说过,今年春节她有一天要去单位值班,一定是我爸骑自行车带着她去了。她从来视工作如生命的,所以一大早就走了,也不管我们俩吃饭问题了。你可别生气哦!"

"才不会呢!一会儿到外面,说不定能碰上卖点心的,姐请你吃糖三角、蜂糕、油条、大饼。"小青说。

"你想得美,这里是乡下,又不是大上海。大清早的,在田野里,还能遇到人来卖这种花色点心?"

"那就饿着,索性到了刘佩琴家后一边喝水一边吃人家招待的点心,一样能填饱肚子的。"

"哎,说起点心,我倒想起来了,你别看刘佩琴长臂长腿,一天到晚乐呵呵,看上去很快乐的样子,其实她爸常年瘫痪在床,家境很不好。刘佩琴一说起她爸的病,就会难过得想哭。"

"呀,那我们是不是不应该空着双手什么礼物也不带就去拜年了?"

"那怎么办?现在都已经从家里出来了,而且出门拜年是不能回头的。我妈关照过我,新年走了回头路,这一年都不会有进步!"

"不要紧的。我有节目准备着,到时候你配合我,保证皆大欢喜。"

叶小青这么一说,倒引起了刘大柱的极大兴趣。这个"古灵精怪"的小青姐姐的脑袋里究竟装着什么样的鬼点子,他太想早一点知道了,所以加快了步子往刘佩琴家里赶,直累得叶小青气喘吁吁。不一会儿,两人就到了刘佩琴家大门前的石阶上。刘大柱先不进院,只是站在大门前的第三级大石阶上扯着嗓门大喊三声:

"刘佩琴!刘佩琴!刘佩琴!"

他还想喊,叶小青伸手一把就将他从大石阶上拉了下来,说:

"小柱子,你喊起来还没完啦!牛吼驴叫似的,过年大清早的,打扰人家家里的病人怎么办?"

好脾气的刘大柱也不恼,只是嘻嘻笑着对叶小青说:

"习惯了啦!以前上学,也总是这么喊她起床的。这家伙是有名的长脚黄狗,说不定一大早就出门去跟她的众多好友玩去了。这家伙出门玩一天不回家都有可能的。如果她不在家,那我俩还进她家大门去干吗?"

正说着,只见一个女孩匆匆跑来,然后并拢双脚跳过门槛,朝前方睁大双眼一望,紧接着就箭似的朝他俩直射过来,到刘大柱眼前立定了,大喊一声:

"刘大柱同学,新年好!"

"新年好!"大柱和小青也齐声大喊。

"哎,刘佩琴,今天我俩结伴过来正式到你家来拜年,你怎么也该请我俩进去喝口水吧!"

"哦,欢迎,欢迎!快随我来吧!只是我们乡下人家,条件有限,小青可别嫌弃哦!"

"哪里?上海也不是个个都住豪宅的,怎么会嫌你们呢!"

进屋后,果然能闻到一股不太好闻的气味。叶小青一边不太情愿地喝着刘佩琴端来的有股子药味的茶水,一边说:

"刘佩琴同学,你看我和小柱子空着手就来你家拜年了,很难为情。这样好不好,我出个节目考考你,你答对了,就送你一个小红包作为我们的新年礼物;你连对三题,就送你一个大一点的红包,也就算作我们俩的一份礼物了。你看怎么样?"

"好呀。"

争强好胜的刘佩琴迫不及待地说:

"你出题吧。"

刘佩琴盯着叶小青,好像在说"你就放马过来吧!"。

"好,我出题,小柱子当裁判。我这个节目叫猜'最字头'成语。第一题,你听好了:'最短的季节',猜一个四字成语。"

刘佩琴一拍大腿,喊出答案:

"一日三秋!"

小青瞄一眼大柱,刘大柱忙说声:

"对,一日相当于三个秋季,这季节也太短了。妙!发奖!"

"第二题:'最长的腿',还是猜一个四字成语。"

刘佩琴又一拍大腿喊出答案:

"一步登天!"

刘大柱连说声:

"这位姓刘的女同学啊,你太有才了,再发奖!"

叶小青原先真没想到刘佩琴的反应这么快,只得将出题的速度放缓了些:

"嗯,嗯!第三题:'最大的巴掌',还是猜个四字成语。"

刘佩琴越发兴奋,只见她翻掌朝上一举,又大喝一声:

"一手遮天!"

刘大柱更是吃惊不小地说：

"咦，刘佩琴，你这丫头，怕是要上北大了吧？再发奖！"

叶小青似乎真有点慌了：

"第四题：'最重的头发'和'最重的话'，猜两个四字成语。"

刘佩琴抬手摸了摸头发回答说：

"第一个是'千钧一发'，第二个是'一言九鼎'。"

刘大柱笑着朝叶小青说：

"姐，这回你可是要破产啦！"

叶小青也笑着说：

"没关系，最多下个月不吃零食，我也乐意为刘大才女发奖。"

刘佩琴说：

"我觉得倒是应该为小青发奖。这是我参加过的最棒的竞猜了，小青的题目真是编得太好了，令人脑洞大开啊！还有吗？能不能再让我猜两个，答对了也不要奖的。"

小青说：

"有啊，你们听好了：'最快的话''最贵的承诺'，猜两个成语。"

"是'一言既出驷马难追'和'一诺千金'。"

叶小青接着说：

"好的。继续听题：'最大的被子''最反常的天气'，各猜一个四字成语。"

刘佩琴用双手比画了半天后，回答：

"头一个是'铺天盖地'。第二个，这'最反常的天气'嘛，哪个也比不过'晴天霹雳'对不对？你想，好端端的大晴天，忽然电闪雷鸣，大雨倾盆。这天气也太反常了，是不是要地

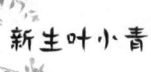

震哦?"

"呸呸呸!刘佩琴你说地震干吗?大过年的,乌鸦嘴,该打!"大柱说。

刘佩琴也觉得自己失言,忙说:

"是是是,我不该这么乱说话,是该打!不过我有个好主意,说了你就不会打我了。"

大柱问:

"哎哎哎,傻丫头肚里有什么好主意,你说出来让我们听听?不过你最好先拿出点你们家的点心来塞塞我俩的嘴,也不能光喝茶水呀,对不对?"

"对对对,新年新岁,我先请你们俩吃一包云片糕吧,这可是除夕夜从大佛寺拿来的供品哟,吃了能长命百岁的。"

刘佩琴拿出包装得像一条高档香烟似的云片糕,刘大柱抓过一条,先在半腰处一划,再对折,拿出里面的米糕放进口中大嚼起来,边吃边抬头问刘佩琴:

"你快说说,你都有什么好玩的主意?"

"喏,是这样的,我想你表姐是第一次来我们乡下,一定觉得很新鲜。等过完年,我们组织班里同学一起到龙溪畔去搞一个野炊活动怎么样?一来可以带叶小青同学去我们洛水镇郊外领略一下大自然的青山绿水,二来也可趁此机会让她熟悉一下我们班的同学,下学期如果她真的转学来我们学校读书的话,就不会觉得陌生了,你看这主意怎么样?"

刘大柱蹦起来,一掌拍在刘佩琴后背上说:

"刘佩琴,你真是太有才了,本人刘大柱就交定你这个好朋友了!"

吃饱喝足之后,刘大柱提议大家一起去大个子张刚强家拜年。刘佩琴对小青说:

"张刚强是一个很好的男生。他家是做豆腐的,过年很多人家都要吃素菜,豆腐特别受欢迎,生意实在太好,他们全家应该都很忙。"

刘佩琴介绍完,又转头问大柱:

"这样的话,我们还要去他家拜年吗?"

大柱说:

"去吧,去吧!我们主要是去看刚强同学的,他又不用做豆腐。我看他就是太快活了,每天喝豆浆都喝成傻骆驼了。幸亏他会打篮球,要不早就胖得不成样了。要是小青姐姐住他家就好了,就能迅速把营养补上去,就不会这么苍白、这么瘦了。"

大柱接着说:

"好,我们出发,跟着我大步前进吧!"

一行三人,在大柱的带领下,向着刘庄的最东面进发。可怜叶小青跟不上刘佩琴和大柱的大步子,只走了不到十分钟就一屁股坐在路边的一块大石头上,累得起不来了。

佩琴鼓励小青说:

"不远啦!再走几步转过一个拐角,就能望见张家坪的第一幢平房了。他家白天黑夜都不熄火的,我们只要一看到有烟囱在冒白烟,就知道张刚强家的豆腐房已经生着火了。我们现在过去,说不定正好能喝上一杯清香的豆浆或者吃上一碗粉嫩的豆腐脑呢!"

一听有好东西吃,没吃过早饭的刘大柱就像猎人见到野

同学们到张刚强家拜年。他爸妈热情地招待同学们吃过年自家做的豆腐脑、豆浆。

兔般兴奋,他跑过来,一把拉起正坐在大石头上大喘气的叶小青,说:

"姐,现在你就当日本鬼子要进村了,再累也得赶紧跑才对哇!"

"哎呀,你不能慢一点儿吗?小柱子!"

说归说,叶小青还是打起精神跟着他俩向前方走去。到了张家大门外,刘大柱还是老样子,不敲门,只站在大门外高声大喊:

"张刚强,新年好!我们来向你拜年了!"

大门一开,张刚强领着他爸妈出门迎接。他妈妈一见来了两个蛮漂亮的女同学给自家呆头儿子拜年,高兴坏了,转身就打了好几碗豆浆和豆腐脑端出来请同学们喝。一碗碗豆浆和豆腐脑都加好了酱油,并撒了细细的香菜叶,真是又好看又好闻,乐得刘大柱就想住在刚强家不走了。张刚强妈妈一见小青就喜欢得不得了,像得了什么宝贝似的,恨不得将她像一张画似的挂在自家厅堂的壁上不再拿下来。她见小青已经喝完了一碗豆浆,便又给她端来一碗冒顶的豆腐脑,上面还特别加了肉丝和香菜。

已经喝饱了的叶小青赶紧推辞,两人一来一去地拉扯起来。呆立在一旁被冷落了的刘佩琴一见没她的事儿,立即起身一把拉起刘大柱,三步一跳地跑出了房间,坐在院子里的石凳上跟大柱说话。刘佩琴看着大柱的样子,说:

"怎么啦?一碗豆浆、一碗豆腐脑就将你塞得胀肚啦?"

"去你的!我又不是小公鸡,吃这点汤水还会胀肚?"

"那下一步我们做啥?"刘佩琴问。

"我还想问你呢！野炊活动的事，你仔细想过方案没有？"

"不就是组织我们班一部分同学到龙潭溪畔去搞一次野餐嘛！应该不难啊。不过确实应该先商量一下：第一，你看安排在哪一天出发？第二，叫哪些人来参加，准备工作怎么做？名单定下来后，是不是立即通知大伙儿先到你家碰个头，专门商量一下准备工作？另外，要不要请班长也来参加一下？还有，老师要不要请？这些问题你现在就得回答我才行。"

刘大柱吃饱了就有点迷迷糊糊地想打瞌睡，刘佩琴这么一通啰唆，弄得他有点心烦意乱，就没好气地说：

"急什么！我们这儿不是过了正月十五元宵节才算过完大年嘛！现在大伙儿的肚子都还被各家的年菜'十碗头'撑得饱饱的，还有什么心思搞野炊？难道我们在山上还能烧出比年夜饭更丰富更高级的小菜来吗？还有，这明明是我们自娱自乐的节目，你请班长来参加干什么呀！至于老师，人家家里上有老、下有小的，过年接待客人都还来不及，哪有心思来跟我们搞野炊？"

刘佩琴想了想，说："你说得对，我们搞得尽量简单些就是了。哎，我刚才只不过顺口提了一下班长，你这么凶做什么啦？怎么了，你俩吵架啦？还是你小小男子汉小心眼的毛病又发作啦？"

大柱说：

"我才不会跟班长吵什么架哩！我是看你动不动就想到班长什么的，好像存心要甩开我似的。也不是我小心眼，我知道，你压根儿就不相信我的组织能力，这当然让我很生气！我俩从上学开始就是同桌，我能吃几碗饭，能办成什么事，你是很清楚的,怎么动不动就想找班长来撑场面呢?你这样子,我能不生气吗?"

"明白明白。哈哈哈哈!你是小小男子汉,怎么气量也这么小,我可有点吃不消了!"

"行了。这事儿跟你说明白就行了,你可别到处去宣扬哟!至于叫谁参加,也用不着找谁商量,我俩分工写一下就行。你写女生,我写男生,一边各十个,都写跟我们要好的同学。最好每人都能带点各家好吃的东西来。总之,人人都得为集体活动做点贡献,不能完全当'白吃货'。"

"啊呀,这么说可不大好吧?我看还是以自愿为主,带什么吃的大家自愿,千万别说当'白吃货'那样难听的话,好像人家家里穷得都揭不开锅了,就想到山上来白吃一点东西一样,这也太难听了。再说,也不是人人都像张刚强家是做副食品的,你让人家带什么来参加啊?像张刚强这样的,即使我们不说一个字,他也会带一盘新鲜豆腐来给同学们品尝的。"

第八章 我们野炊去吧

第二天一大早,就有十来个同学来到刘大柱家的院子,像没头苍蝇似的在院子里乱转,"叽里呱啦"地乱喊一通。

刘大柱在睡梦中被惊醒了,一时有点丈二和尚摸不着头脑。后来一激灵,他才拍着前额自说自话:糟了糟了,这一定是急性子的刘佩琴先发了通知,让参加活动的同学到他家来开会商量准备工作的事了。于是他赶紧从床上蹦下来,跑到院子里对大家说:

"来来来,我们一起来说说都要准备点什么。你们这一大帮人,都一起拥过来,可别吓着我妈。她身体不好,吃不消你们这样吵的。"

"明白明白。你怎么去了一趟上海,就变得这么细巧了?告诉你,我们几个今天结伴来找你,是因为我们都约好了。佩琴告诉我们,你从上海带来一个女神级的小青姐姐。她生在上海长在上海,没见过大山,没见过小溪,更没尝过我们乡下东西的滋味。所以我们就想趁天气晴好,到龙潭溪边的大青石去搞一次野炊活动,就当是欢迎上海姑娘到我们乡下来读书,来过乡下日子了!"

听他们这么一嚷嚷,一旁站着的叶小青内心温暖极了。原先还觉得刘佩琴有点乱搞三七,心生一丝埋怨,如今这埋怨也烟消云散了,而且她也知道了,可不能小看这些乡下的同学们,他们其实也很懂人情世故的。

这让叶小青对即将到洛镇中学读书的日子充满了好奇和向往,一切就像书上说的,退一步海阔天空,自己何必困在那座花园别墅里与金曼丽斗心机、浪费大好光阴呢?说到底,与金曼丽这种人过招,实在有点自掉身价!

站在一旁的刘大柱更是吃惊得睁大了双眼。他想从今往后,自己要重新认识这位同桌刘佩琴了,再不能叫她"十三点",而应该叫她"佩琴姐",让她得到与"小青姐"一样的尊重。想到这一点,他当即愉快地答复同学们:

"好啊好啊!谢谢佩琴姐,帮我想出了这么好的一个点子来欢迎小青姐的到来。这样,今天我们大家就先讨论一下分工,做好准备工作。大家热情这么高,我们说干就干,明天就去野炊,好不好?"

"好!"大家异口同声地说。

"那明天上午早饭后一起来我家集合,然后一起出发到龙潭溪边去搞野炊。另外,今晚大伙儿都要向家里请好假。我可以打包票,通过大家的努力,明天中午我们肯定能吃到自己做的可口饭菜。我这么说,大家信不信?"

"信!"

大家一致表了态,接着开始讨论具体的准备工作。

刘大柱第一个说:

"我负责带上锅、碗、筷、勺、米、年糕、油、盐、酱、醋,外加一只冷冻肉鸡。"

刘佩琴接着说：

"好的。那我就负责带味精，还有可乐、果汁等饮料。"

接下来是刘金铃，她说：

"有米，有锅，还得有水才成啊。那我就负责带一副水桶担。我们可以就近下到龙潭溪去挑水，保证供水给大家洗涮和煮饭炒菜。"

大家你一言我一语，显得十分齐心。尤其是大个子运动健将张刚强，往人前一站，只听他说：

"这样吧，明天我家压出来的第一锅豆腐，就不送菜店直接送到我们这儿，我亲自拉车，确保准时准点到达！"

就这么说着，一会儿工夫就将准备工作讨论好了。

站在一旁的叶小青又感动又着急。一方面，她开始想象明天和这帮同学一起野炊，将会是多么刺激和高兴。另一方面，她又为自己既插不上手，又提供不了任何食材和工具着急。有什么办法呢？自己除了口袋里有几百元零花钱之外，其他几乎什么都没有，平时又是过着衣来伸手饭来张口的生活，别说烧饭炒菜，就是划一根火柴都会手发抖。那还能做什么呢？心里真着急啊！这时，她多么希望自己是上海滩有名的大厨，明天就可以在大家面前一试身手，炒几个色香味俱全的高级名菜来镇住这一帮新同学。可是，那毕竟只是一个空想。

所以，叶小青内心除了感动还是感动……

感动中的叶小青忽地站起来说：

"太感谢大家了，我唱一支我喜欢的歌，谢谢大家的热情接待。这歌叫《野子》，是苏运莹姐姐唱的。她是创作型女歌手，歌词写得好，唱得也特别好听。我最近很迷她的这首歌。"

"如果大伙会唱的话,也可以跟着我一起唱,好吗?"

"好!"

这一声叫得那个响亮,着实将叶小青震了一下。她镇定一下之后,先轻轻哼了几句,找准了调子,才拍手打了一个起头的节奏,找到感觉后唱了起来:

怎么大风越狠,

我心越荡。

幻如一丝尘土,

随风自由的在狂舞。

我要握紧手中坚定,

却又飘散的勇气。

我会变成巨人,

踏着力气、踩着梦。

怎么大风越狠,

我心越荡。

……

一曲过后,大家纷纷鼓掌,称赞小青唱得好。

热闹过后,同学们便互相告别各自回家准备去了。院里只留下了小青和大柱,两人对视一眼之后,小青向大柱发问:

"你们老是说龙潭龙潭,那龙潭到底在哪儿呢?很远吗?"

大柱说:"不远,不远。我现在就可以带你先去那儿熟悉一下环境。"

说走就走,两人出门就朝屋后走去。大柱一路照应着小青,让她注意脚下不时出现的小石子和小沟坎。毕竟是上山,小路还是稍有点坡度的,自下往上走起来有点累。小青平时走惯了平坦的马路,所以不一会儿就累得"呼哧呼哧"地直喘大气。走过一幢幢小屋,经过小溪流和小潭坑之后,只见前方出现了一座青翠的竹园。大柱说:

"再坚持一下就到了。"

说话间,循着潺潺的流水声,果然看到在他们右侧有一条宽大的溪沟。

"这就是龙潭溪,别看现在水流不大,可一旦下一场大雨,这溪里便会有很大的水流从上往下直冲而来。而它的上方就是我们要去的地方,那是第三级龙潭,也叫三号龙潭。"

小青问:

"为什么叫龙潭呢?这里面一定有什么传说吧?"

大柱回答道:

"可不是嘛!这里面有一个很古老的传说呢!我们村里前前后后一共有五条龙潭溪,所以这地方名叫'五龙潭'。有龙潭的地方必定会有一条瀑布,气势惊人,美不胜收,所以五龙潭是一个天然的旅游胜地,如果将来能开发,我们家乡就会变得很热闹,大家的生活会更好。"

一路边说边看,过了一会儿,大柱告诉小青:

"看见上方的那块大青石了吗?上面很平坦的,我小时候跟我爸在这块大青石上睡过午觉,还与小伙伴们在那平面上画棋盘下过五子棋呢!特别好玩。"

说着,他们就走到了大青石边。小青在大柱的帮扶下爬了上去,坐着歇了会儿,她感觉大好,喜不自禁地对大柱说:

第八章 我们野炊去吧

"哈哈,果然很美。这才叫回到大自然了呢!明天我们就在这大石头桌面上洗菜、切菜、吃饭,是吗?"

大柱说着"对呀",就举起手紧握小青的一只手,带着她从巨石上往下一蹦,说:"现在,我领你去看看我们这里的三号龙潭吧!"

再往上走几步,果然发现有一条倾斜的支路伸往大溪坑。沿着这条斜路往下走,有"哗哗"的溪水声传上来。小青像发现宝藏似的往前一冲,果然见到下方那一潭碧绿清澈的龙潭水。那"哗哗哗"的水声则是由自潭顶冲下来的一大股溪水形成的小瀑布发出来的,但见潭面上白色的水花四溅,十分美丽。

"鱼,有鱼!"小青指着在水中游动的如大拇指般粗的溪鱼兴奋地大叫起来。

"对呀,这叫柳叶鱼,有好多呢!太阳一照,它们便会成群结队地游到水面上来。但是你也不必太激动,这鱼是中看不中捉的,你别幻想我们明天能捉几条鱼来烧鱼汤吃。"

"真的呀?这么多鱼,我不信。如果让我爸这个一流的钓鱼高手来钓,还有钓不上来的事?"小青说。

"当然是钓不上来的,鱼要能上钩,首先得吞吃鱼饵对不对?这山野潭水里的鱼,天天吞吃溪水里的营养物质,吃得饱饱的,才不会贪吃钓钩上的那一点点蚯蚓和米饭粒儿呢!鱼儿不贪吃饵食,那就绝不会成为餐桌上的美食,对不对?"

小青一听,忙说:

"对呀,这太有意思了。你可以拿这个例子去给天下的贪官讲讲课,题目就叫《龙潭溪水里的鱼不上钩》,怎么样?"

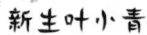

小青接着说：

"另外，我本来想明天给大伙儿朗诵一篇文章的，就是那篇《傍林鲜与傍水鲜》。"

大柱说：

"哦，这文章我也很喜欢的。对了，没有'傍水鲜'我们还有'傍林鲜'嘛！我明天带你上山去挖笋好了。喏，竹园就在斜对面，很近的。今天我们没带板锄，去了也白去，明天再去吧！记着明天出发时，一定要提醒我扛一把板锄哦！这样我俩明天就能在竹园挖冬笋了，保证棵棵都是'黄泥拱'，做一盘'傍林鲜'，又鲜又香又嫩又糯，绝对会成为你这辈子吃到的最美味的笋。"

听大柱这么一说，小青一下子想起了妈妈。唉，要是妈妈跟自己一块儿来乡下该多好！妈妈是最喜欢吃笋的，以前每年笋上市的时节，妈妈总要买好多好多'黄泥拱'笋切成块做腌笃鲜。唉，妈妈，你快快康复吧！下次我一定要带你到乡下来看看姨娘一家，有空就一起来竹园挖挖笋。唉，妈妈，你别再为那个狐狸精金曼丽生气了，身体好是最要紧的啊！

第二天一大早，太阳升起来时，大家就已聚集在刘家大门前了。刘大柱像个领导似的仔细检查了一遍各人所带物品，看看必需品是不是都带齐了。他自己准备的是一副竹编的土簸箕，一只装了一小袋米、一小瓶油、一捆柴，另一只装了一个锅、一只肉鸡、十只碗，以及盐、酱油、醋、年糕，外加两块砖头。看看一切就绪，他大喊一声："出发！"

刘大柱正想动身，叶小青手提一柄板锄站到他面前。刘

第八章 我们野炊去吧

大柱高兴地伸手拍了一记头,说:"姐,你真是好样的,还记着哪!"说完一挥手,队伍便出发了。但见挑的挑、拎的拎,同学们个个兴奋地离开了大柱家,往龙潭溪方向的三号龙潭进发。叶小青因为前一天已经跟刘大柱走过一趟,所以熟门熟路地背着板锄走在了队伍的最前头,而且这回像是一点都不吃力似的,她一直轻松地往山上走啊走。

一会儿,他们就到了大青石前。大柱放下担子,从小青手中接过板锄,先在大青石下侧的空地上挖了个深坑,然后又在深坑的左右两边各码好一块砖头,再在砖头上搁上铁锅,一个简易的小锅灶就搭成了。然后他又往那深坑,也就是锅灶的灶肚里填进去不少撕碎的旧报纸。

小青不解地问:

"这做什么呀?又不能吃。"

"这是用来引火的呀。"

说完,刘大柱抬头问大家:

"谁带火柴了?快点火吧!"

只见刘佩琴一步上前,从裤袋里摸出一包火柴,推出火柴盒,再拈出一根火柴棍儿,将那火柴头"嚓"的一声在盒子旁侧的黑色磷粉片上一划,火柴头就点着了。

"怎么样?指挥长,我们要不要也像开奥运会似的,先举行一个点火仪式呀?"

"算了吧!等会儿吃好饭,我们还是请小青姐姐再唱一首歌得了。"

"OK!"

刘佩琴说完就将点着的火柴伸进灶坑,那废报纸遇火就

龙潭溪边,大青石下。叶小青和班上男女同学一起融入大自然,搞野餐活动,非常快乐。

熊熊燃烧起来,紧接着刘大柱又将带来的木柴棍儿一根根码上去。那些松木的木头棍儿因本身带有松油且干燥得很,所以见火就着,眼看着火苗就蹿上了锅沿。

不一会儿铁锅就红了起来,急得刘大柱站起来大喊:

"喂,都别站着讲空话了,你们谁去龙潭挑水呢?快快地,火旺起来了,我们可以先烧一锅水嘛!"

叶小青昨天已经去过龙潭了,所以自告奋勇地从刘金铃手上接过一担空水桶,想下到龙潭,去为大伙儿担水,吓得刘大柱赶紧站起来一挡,阻止道:

"不行不行,小青姐从没打过水,别一会儿水没打上来,人倒不小心掉到那么深的龙潭里去了,这可是要命的事儿!"

然后,他又转身对带水桶来的刘金铃说:

"金铃子,还是你去挑水吧。快一点!"

刘金铃愉快地答应一声:"嘿!"

随即挑起水桶而去。不一会儿,两桶清澈的潭水就由她挑来了。

女同学们一见有了水,也不见有人分工,个个自动站到大青石边弯下腰来洗的洗、涮的涮,快乐地忙乎开了。

刘大柱拿起洗净的铁锅重新往砖头架成的灶上一搁,让火再度从锅底"呼呼"地往上蹿起来,不一会儿锅里的水就发出"吱吱"的欢叫声,像是要开锅的样子。刘大柱拿过大伙儿带来的年糕和番薯,一排列在火坑里,然后说:

"我先煨年糕和番薯给你们吃。"

大家便纷纷围到灶前,看灶里煨的年糕和番薯怎么熟起来。不一会儿,小青就看见一条年糕的表面上鼓起了一个很

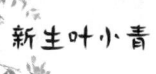

大的泡泡,惊奇地开口喊着:

"哎呀,不好了!这年糕肚子鼓起来啦,肯定是得膨胀病了!"

这一叫,围观的女同学们便嘻嘻笑了起来。刘大柱不明所以,赶紧跑过来看。这一看,他就乐了,说:

"什么肚子鼓起来了呀!这只不过是年糕夹层里的空气受热膨胀,将表皮层给顶了起来而已,不信我放气给你们看!"

说着从口袋里摸出一把折叠小刀,打开后用小刀的刀尖往鼓起的年糕泡泡上一扎,只听"噗"的一声,年糕上的泡泡便瘪了下去,并且在火苗的灼烧下很快变成淡黄色,空气中也有了一股独特的焦煳香气。这一来,女同学们便都嘻嘻哈哈大笑起来。这一笑,可让刘大柱抓住了把柄:

"除了小青姐,你们谁小时候没吃过大人在灶洞里煨的年糕,怎么也不跟她解释一下?!"

"我们想解释来着,还没开口,你就蹿过来了,也没想到你回答得那么快啊!"刘金铃说。

这一说,又引得众人一阵大笑。

喷香的年糕和番薯烤熟了,大柱用筷子将它们夹起来往擦得干干净净的大青石上一扔,说:

"谁饿了,就先抓着吃!不过小心别烫了嘴,吃之前先吹一吹再咬啊,慢慢吃……"

大柱的话还没说完,就听见背后的张刚强发出了"嗷"的一声大叫。果然有人中招,烫着了!

可怜张刚强被烫得弯着腰,吐出舌头"呼呼呼"地直吹气。小青见了,心里又是同情又是着急,赶紧从水桶里打了一碗龙潭水给他喝,给他的嘴降降温。

吃过煨年糕和烤番薯之后,同学们纷纷吵嚷着说:"现在要是来一口咸咸的烤笋该多好,多美味啊!"大柱听着就行动起来,他扛起板锄,拉过叶小青说:

"姐,跟我走,我们先去挖笋,一会儿给大家烤咸笋,做笋粒炒鸡丁。不过,竹笋粒儿可以现切,鸡肉丁也可现切,就是还少一点花生米。怎么办?"

说着他就叫来张刚强:

"刚强,嘴巴不疼了吧?你腿长,跑得快,去片区菜市场买二两花生米来,好不好?"

"好呀!不过,这儿到片区也太远了。我还是回家去捞一把得了,顺便看看这头一锅豆浆是不是煮好了,好了的话我就打一锅豆浆来做年糕浆水汤。"

说完,他转身而去。

大柱带着小青来到竹园。那叶小青进了竹园,便着急忙慌地问:

"柱子,你说的竹笋在哪儿呢?这竹园远看着挺美的,进园子一看,却没长好呢。除了一片杂草,哪有竹笋的影子啊?"

大柱说:

"这得细细侦察,笋是长在地面下的,等长高到让你一下能看到的话,那就有点老了,也就没那么好吃了。"

说着,大柱便弯着腰在地面上细细观察起来,不一会儿就大声招呼道:

"来,小青姐,你快过来看!"

"哈,有敌情啦?你先别挖呀!千万保护好现场,让我仔细学习之后,再动手开挖!在哪儿呢?在哪儿呢?你是怎么看出这地下有笋的?"小青疑惑地问,她根本没看到笋的影子。

"这可不是敌人,是我们最喜欢的朋友,黄泥拱笋!"大柱弯腰拨开小草,指着地面上一块微微有点拱起的黄土说:

"你看,这不是吗?这多明显呀!你得先找地面上有一点点拱起且有点裂缝的地方,那是地下有笋正在往地面上拱的征兆。这时你就可以再往下抠抠,清掉上面的土层,如果能见到尖尖的笋头,那就可以百分百确定地面下有一棵黄泥拱笋了!"

叶小青恍然大悟:

"哦,原来所谓'黄泥拱',就是指从黄土地下面往上拱出来的笋啊!有意思,太有意思了!这也不难嘛!一会儿看我也找一棵出来,让你瞧瞧我的运气与眼力。"

刘大柱找了根树枝,插在刚才发现笋的地方,然后告诉小青:

"这叫'标'!有了它,这地下的笋就不会跑了。事实上笋又没长腿,怎会跑呢?很可能是来挖笋的人忙着去寻找新的目标,结果新的没找着,回头却找不到原来找到的那一棵笋了。过去的人都有点迷信,明明找到的笋,一转身就没了,就想到是山神将它移跑了。所以人们在离开找到的笋之前,竖一个'标'是很有必要的。这应当说是劳动人民的一种生存智慧吧。"

叶小青听得呆呆的,只在心里叫好,觉得老百姓都太聪明了。于是叶小青又看了看那个"标",确定插实了之后,这才像找宝藏似的在竹园的地面上细细地观察寻找起来。

然而,半天也没听她发出惊喜的呼叫声。刘大柱就知道这上海来的小表姐,也就只会在电脑上玩玩种菜偷菜的游戏,一到竹园现场就变成了瞎子、呆子。于是便将她叫过来一起挖笋,再不让她去当侦察兵找笋了。

大柱拿起板锄,先将笋边的那个标拔了,再将笋尖周围的黄土一层层地挖开,慢慢地,那棵毛笋的身形露出来了,喜得小青又一声大叫:

"哇,好大的毛笋耶!我从来没见过。原来菜场里卖的带泥的毛笋,都是这样从地底下挖出来的啊!真是太奇妙了!"

眼看快挖到根部了,大柱拿起板锄往深里一挖,又往前使劲一扳,那棵黄泥拱笋便乖乖地跳上了地面。大柱将它捡起来,往叶小青面前一递,说:

"小青姐你捧着,我们快回去剥壳。"

小青连声说好。两人便带着胜利的喜悦,又急急忙忙地朝龙潭溪边的大青石走去。

土灶里的火正旺,刘佩琴她们已经烧开了一锅水,一杯杯红茶也已经泡好了。一见大柱和小青捧着这么大一棵"黄泥拱"笋回来,大家都惊喜地大喊起来:

"哇,好大的一株笋呀!小青,你真棒!"

见大伙这么高兴,叶小青又激动了。同学们这样真诚热烈欢迎她的场面,是她在上海读书时从未经历过的。可惜她不会写诗,不然她一定要即兴创作几首。真好!人生真是美好啊!她不禁从心底发出了欢呼。原先积压在心底的闷气,一下子在这青山绿水间被释放了出来,她感觉到无比轻快和放松。

于是她跟大伙儿一起,将毛笋沥干剥了壳,又用水冲净后交给刘佩琴切丁。这时,去拿花生米的张刚强也跑回来了。

大柱又下令说:

"赶紧涮锅,我要炸花生米了。"

当即有人将锅洗净后放到了火坑的砖块上,一会儿锅就烧干了。大柱又往火坑里丢了不少干木条,那炉火便又蹿了上来。他倒油入锅,待油冒起青烟,便将花生米倒入热油中,花生米很快就变了颜色,然后他立马拿漏勺将它们捞出来盛在碗中。有嘴馋的,早已不怕烫地伸手从碗中抓了几颗,丢入口中"嘎嘣嘎嘣"地嚼了起来。大柱忙着炸花生米,那边刘佩琴手里也不消停。只见她将毛笋一劈为二,切成条状后,把笋条切成了一颗颗小丁,又把之前洗净的肉鸡提起来,割下鸡胸脯肉,再将它们也切成一粒粒小丁,然后她才直起腰来,说:

"好嘞!准备工作完成!可以做笋粒炒鸡丁啦!"

早有眼尖手快的,捧起一碗茶水献到了忙碌中的刘大柱手中。大柱将茶杯往口前一递,嘴里"嗞"的一声,一口喷香的茶水就咽了下去。美美地享受了一下首席大厨的待遇,大柱心里高兴得想唱歌。然而炉火正旺,他要忙着炒鸡丁了。鸡丁、笋粒、花生米依次下到锅里,一番快速翻炒之后,再加入酱油、料酒,扑鼻的香味便飘散开来。

可以起锅了,一碗香喷喷的笋粒炒鸡丁端上了大青石台面。众人刚想伸筷子,才发现还没烧米饭。刚才那段时间,大家要么忙着烧水洗菜,要么忙着打打闹闹,竟然无人想起烧米饭这件事。现在怎么办呢?刘大柱瞧着大伙失望的脸色,只得先做了一番自我批评,然后又招呼说:

"哎,饭没烧也没啥关系啦。就着番薯、年糕,也能吃菜。

来来来,来吧!快来吃菜,喝茶水!"

吃完了菜,刘佩琴跳到大伙面前说:

"好了,菜还能再做,大伙也别怪大柱指挥失误了。我来当饭头,下面谁跟我一起到溪边去淘米,焖点饭吧。今天,我一定要好好焖一锅香喷喷的大米饭给各位同学吃!"

淘米的人还未出发,眼尖的刘金铃拉着刘佩琴的衣袖,并压低嗓门,有点紧张地说:

"不……不……不好了!村领导来了,一定是来抓我们的。大家也别忙着做饭了,还是赶紧收拾东西跑吧!"

一时间众人都很紧张,不知发生了什么事。还是大柱镇定胆大,他朝刘金铃所指的方向一瞧,笃定地说:

"大伙莫慌!没关系……那是我们村里最可爱的文正爷爷呀!我去跟他讲讲。你们该干吗干吗,先把饭烧熟了,让我们小青姐吃得饱饱的。"

小青紧盯着他们爷俩的动静,不知下一步会发生什么事,一切因她而起,她多么希望一切平安无事。只见大柱先向那个文正爷爷作了个揖。原来文正爷爷大名刘文正,曾经当过村领导,是这里的老生产队队长,细细排起来他老人家还是刘大柱的堂爷爷呢!所以刘大柱显得十分镇定,一点也不怕他,反而将文正爷爷拉到了大伙面前,让他与同学们来了个面对面。大柱还没来得及向大伙儿做介绍呢,那位白发白须的文正爷爷,像个领导似的中气十足地说开了:

"大家好,欢迎大家来到我们这儿!各位,今天你们是欢迎上海建国囡回老家,所以在这里做野菜是吧?"说着还不忘拍了拍手。

刘大柱忙上前更正说：

"不，爷爷，我们这叫搞野炊，不是做野菜。如果有帐篷的话，我们晚上就不回家了，还能在这里搞野营。"

文正爷爷笑着说：

"对对对，是野炊，不是做野菜。好好好，这样招待上海客人，不错。现在，建国大侄事业有成，将来我们村里搞开发，还要请他帮忙哩！今天他囡来了，再好没有了，回去可以向她爹汇报情况。小柱子，你可要代表我们村好好招待她哟！至于搞野营嘛，现在晚上还太冷，等到了西瓜上市的时节，我也要在西瓜地里搭草棚睡觉值班，防野猪下山来啃西瓜哩！到那时你们再来野营还差不多。"

文正爷爷开始给大伙儿讲故事了："嘿，这野营嘛，我最有经验了。每年我都有差不多四个月的晚上，领着村里人睡在窝棚里值夜，防着山上下来的大群野猪。待芋艿一熟或者西瓜上市，山上的野猪半夜就会成群结队地下来，而且就集中在屋后山脚下的这片平地里，这可是我们村年年种芋艿、西瓜和南瓜的地方。野猪的鼻子很灵，一到芋艿地就用它们长长的猪鼻子去拱地里的芋艿，一拱准拱起一篓兜成熟了的芋艿，先'呱唧呱唧'吃个饱，然后还要寻到瓜地里去啃瓜吃。因为芋艿太燥了，就要再吃两个西瓜润润嘴。吃的数量倒是有限的，最可恨的是它们会踩踏庄稼，用嘴乱拱庄稼。有时一个晚上，就会将村民辛苦一年所种的庄稼全部糟蹋尽。第二天主人到地里一看，发现一年的收成全报废了，只能呼天抢地地大哭一场。所以我们村干部夜夜来地头值班，一听有动静就赶紧'咣咣咣'地敲锣或放大炮仗，将它们吓跑。"

第八章 我们野炊去吧

文正爷爷讲故事，同学们听得十分起劲。他们这才知道，乡下还有这么有责任心的一班村干部在日夜为百姓操心。

"扛枪上山去打野猪，是违反《中华人民共和国野生动物保护法》的。所以赶跑野猪只有一个办法，就是吓唬它们。我们只能放放炮仗，将它们吓跑。

"喏，我们把这个竹子的一头削平，在筒里放进一个大炮仗。只要对着野猪群点燃火药捻子，'砰'的一声，炮仗便会像炮弹一样射过去，到了黑乎乎的野猪群那儿，又会'砰'的一声爆炸开来。那响声能将野猪吓得魂飞魄散，大多数野猪会转身拼命地往山上逃去。但也有被炸昏了头的，一下子晕头转向，不知道回山上的路了，朝着我们的窝棚冲过来。这可怎么办呢？

"这时我就只能跑到杨梅树那边，快速地爬到树上去待着。暗夜里，借着一点月光，我在树上看到黑乎乎的野猪群冲过来。它们伸着长长的鼻子，雪白的尖尖的大獠牙在暗夜里闪着微光，笔直地冲过来，那阵势还真是可怕。我就在树杈上守着，看野猪下一步的逃窜方向。若它们停下来不再跑了，那我就点燃随身携带的一长串鞭炮。鞭炮"噼啪"作响，再加亮光一闪一闪，野猪就再也不敢往我树底下乱钻了。虽然它们不会爬树，但它们用蛮力撞树的话，还是很吓人的。万一被撞下来，那可惨了。

"幸亏我们村有过去的基干民兵底子，专门组织起了一个轰赶野猪战斗队。晚上只要听到山上的炮仗响，队员们都会从四面八方赶过来，排起队伍，扛着锄头铁耙，敲着铜锣"咣咣咣"地冲上山来增援。大家齐心一吼，就把那些野猪通通轰上山去了。"

文正爷爷一席话，听得大家哈哈大笑起来，刘大柱忍不住说：

"嗨，这可真有意思，多像抗日小英雄王二小打日本鬼子呀！他把一队鬼子兵引到了八路军埋伏的山沟沟里，鬼子虽被消灭了，可王二小却被恼羞成怒的日本鬼子杀害了。这么说来，这群野猪比日本鬼子要好对付些，是不是呀？"

"对是对的，但是天黑黑的，看一群野猪呼呼地朝你冲过来，那还是很可怕的。尤其女孩子，恐怕会吓得刮刮抖哩！"

这时刘金铃悄悄地贴近了叶小青，只听她轻轻地对小青说：

"别听那老头胡说八道，以后你想玩只管来，我会陪你一起住窝棚的。我以前跟我爸爸一起来值过夜，很好玩很刺激的。尤其在等待野猪群出现之前，大家说说笑笑可热闹了。真来了，也没他说的那么可怕。而且我们两个女孩在一起，还有什么可怕的呀？"

小青一听就激动了，紧紧搂住了站在她身旁的刘金铃，想不到在乡下她能这么快就交上一个这么贴心的朋友。于是，她也轻轻地跟刘金铃说：

"金铃子，谢谢你！以后你什么时候想来上海玩，只管来，就住在我家好了。我会陪你去东方电视台演播大厅听女神唱歌的！"

刘金铃高兴得差一点就一把拉过叶小青抱一下，亲一口。就这样，在龙潭溪边，两个女孩一下子亲密起来了。

这时，米饭的香味飘了过来，只听刘大柱敲着碗筷招呼：

"同学们，饭熟了，快过来吃饭吧！"

不知什么缘故，用铁锅和柴火烧出来的米饭，就是比用电饭煲焖出来的米饭香,同学们吃得风卷残云般。只是铁锅小了一点,一锅米饭很快就被抢光了。用来下饭的、咸咸的烤毛笋还在嘴里发着鲜香,急得刘佩琴恨不得抱过那小铁锅来咬一口。

"美味啊!真是太美味了!下面该听叶小青唱歌了吧!"

叶小青像从梦中惊醒似的说:

"对啊,光顾着享受柴火烧的米饭和山上的毛笋,都忘了说好的事。好,下面我就唱一首歌给大家听。"

小青边唱边抖动起身子来,热烈的气氛感染了这些少男少女,大家跟着小青的脚步,也自己发挥起来,边唱边跳。一曲结束,大家一起拼命为小青鼓掌。

"唱得太好了,跳得也太好了。我们以后成立个唱歌小组吧!"

小青的小脸红红的,拼命点头,开心地笑个不停。

看大家都吃饱了饭,刘大柱说:

"我们吃了新笋和柴火铁锅烧的香米饭,这就算享受了'傍林鲜'。我们还傍着龙潭溪呢!如果再用溪里的鱼和龙潭水煮碗鱼汤,不就有'傍水鲜'了吗?问题是,这龙潭的鱼钓不上来,我们又没有渔网,所以下一个动作应该是'空手捕鱼'了。怎么样,大家有兴趣吗?"

"有啊!龙潭里那么多鱼,我早想去捉几条来了。"

"好的。"

"但小青姐你今天太累了,先休息着。我带金铃子去吧,好不好?"

刘金铃一听高兴得直蹦起来,说:

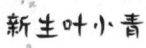

"好好好,就让我去吧!"

刘大柱将簸箕里的东西拿出来之后,挑上一副空簸箕,吩咐刘金铃扛起板锄向山脚下出发。

他俩先到一块水田边装了半簸箕的黏土,刘大柱试了试重量后说了声"够了够了",然后挑起担子,又向龙潭方向而去。只是他们这次没有回到大青石前,而是半路下到了溪底,找了一个潭水不深的溪坑的下缘,用挖来的黏土垒起一尺高的土坝,再用石块将土坝砌牢了,直到溪坑里的水不再往下流动为止。

看着大功告成,大柱说声"走",便向大青石方向的营地走去。小青见大柱回来了,便着急地问:

"鱼呢?你俩捉的鱼在哪儿呢?"

"我们刚才在溪坑边筑堤来着,算是做了一点准备工作。至于捉鱼,没你参加,我们怎么好捉呢!"

小青一听就急了,说:"那你告诉我,我应该怎么做?"大柱说:"不忙,你先跟我到龙潭边去撵鱼。"一听说撵鱼,小青又不明白了,只听说有撵鸡、撵狗的,从来没听说过撵鱼啊!于是就问:"怎么撵?我不会啊,你领我去试试吧!"

"好呀!"

说着,大柱像唱戏似的先用手一指,唱道:

"那么青姐在后,请跟我来。"

两人来到龙潭溪前一看,只见潭水里有好多柳叶鱼在快活地游动着。刘大柱到溪边的树林里折了一根一人高的松枝,交给小青,说:

"你先拿着,一会儿就用这根松枝在水里划,将那些鱼通通赶到水流中,让它们随流动的溪水一起游到下面的坑里,我已经在那里筑好了土坝。那些小鱼不知是计,以为它们可以快活地游到远方的大河、大水库里去过日子,可以长成青背白肚的大白条了。"

这么着又划又赶地忙了一通以后,大柱说:

"咳咳,这时候该轮到我俩下手了!一会儿你去拿一个大饭盆来,跟我一起到下面的溪坑里去舀水。"

小青被大柱说得晕乎乎的,也不再多问,只管按大柱的吩咐去找大饭盆。

大柱和小青再次回到刚才筑好坝的溪坑边时,只见坑内已积了半池水,而且还能看见有小鱼随着溪水快活地冲入池中。大柱说:

"你看,这么多小鱼都是被你赶下来的。这样,你明白了吧!对了,我俩先下去,用大饭盆去舀水,只要我们将池里的水舀光,那些小鱼就成了无力的俘虏,只会张嘴呼气,半步也没法游了。你只管下手将它们一条条捞起来,保证它们还是活的,一时半会儿死不了。这时只要将它们带到家里往水缸里一放,它们又会神气活现地游动起来。当然它们喝惯了山溪水,一到盛着自来水的水缸里,就活不太好了。现在我们捉上几条,送到刘佩琴那儿刮鳞剖肚洗净之后,它们的嘴还会一动一动地开合哩!"

小青听他这么一说,有点受不了,就说:

"这太残忍了!不,我不干!我宁可不喝鱼汤,也不用你说的这种办法抓住它们。嗨,人类真是太聪明、太能干了,怪不得地球资源一天一天地枯竭,野生动物种群一天天地灭绝,还有高温、严寒、雾霾。在受难的大自然面前,我们个人的命运不也与这些柳叶鱼一样吗?"

刘大柱听小青这么一说,不禁陷入了沉思。

"那,这鱼还抓不抓?这鱼汤还喝不喝呢?"

小青说得很坚决:"不管你们做出怎样鲜美的鱼汤,我是决不会喝的!"

那就算了,大柱撇撇嘴,说声"走",便挑起担子,又上了溪畔的坡道,慢慢地往营地走去。

同学们正伸长了脖子,等他俩将鱼捉来烧鱼汤呢!却见两人去时空手,回时还是空手。同学们早已等得不耐烦,锅里也已加满了水,只等刘佩琴加柴,烧水煮鱼汤。谁知连个鱼鳞片也没见着,心急的同学不禁连声发问:

"鱼呢?"

"鱼呢?"

"难道已经让你俩生吞活剥啦?这也太对不起我们大伙儿的等待了。"

有人干脆抓住刘大柱发问:

"你说的鱼在哪儿呢?吹牛也不是这么吹的呀!还说什么'空手捕鱼,保你满意',现在总该拿点成果出来吧!"

大柱也不搭腔,只转头朝叶小青一指,说:

"问她好了。"

这时叶小青的脸腾地红了起来,她说:

"这事怪我,大柱是有充分把握抓住那么多柳叶鱼的。但我一听他的捕鱼方法,一想到那些将被搁在沙石滩上干喘气儿的可怜小鱼,心里就难过,是我阻止了他的捉鱼行动。还有,我认为大柱同学这种围捕的方法有将它们一网打尽的风险,这肯定会严重影响龙潭的生态平衡,所以是我主张将那些小鱼放回小溪的。刘大柱同学一心想为我们做一锅鱼汤,他已经尽自己最大努力了。都是我不好,对不起,大家别再批评他了。"

小青有几句话说得有点重,刘大柱有点受不了。

他反击叶小青:

"什么一网打尽啊!我一心想让你看看我们在乡下是怎么玩捉鱼的,没想到你竟这样说我!你这个人真是不可理喻,怪不得会与那个狐狸精闹翻。"

刘大柱的话说得有点过分了,小青当即大哭起来:

"刘大柱!你说的这叫什么话?你这个混账!竟然为金曼丽说话,难道是我气疯了我妈不成?"

刘大柱也知道自己的话伤了小青的心,红着脸赶紧向小青赔不是,又转向同学们说:

"小青姐姐说得对,为了保护野生鱼类,为了保护大自然,我们就不喝鱼汤了吧。"

这一番吵闹,听得大家面面相觑,只得悻悻然准备下山回家。

不料正当小青准备弯腰向大伙行礼致歉时,却一头栽到了地上,并抽搐起来,吓得大伙迅速围了上去。只见倒在地上的她口吐白沫,两眼上翻,面色发紫,颈项僵直,似乎连呼吸都暂停了。

"怎么啦?叶小青她这是怎么啦?"

吓得六神无主的同学们只顾围着刘大柱发问:

"她这是死了吗？"

"她怎么会这样啊？"

"……"

"不是。都别瞎说。"

还是刘大柱懂得多些，他过去听大人说过小孩发"羊角风"的事，感觉小青很可能因为刚才受了气，再加上这一天比较疲累，所以引发了"羊角风"。

于是他双手一摆，安抚大伙说：

"这应该是发'羊角风'了，我以前听别人说过，掐一掐她人中，她应该会慢慢醒过来的。还有，刘佩琴，你是女生，力气又大，帮我背着她下山吧。我先跑回家打120，让镇上的大医院派救护车急救。"

这一说，紧张的气氛缓解了许多。于是大家纷纷动手，一边伸手掐着叶小青的人中，一边像电视上军医抢救重伤员的样子，不停地在叶小青的耳边呼叫着：

"小青小青，你醒醒。"

刘金铃更是带着感情哭喊：

"小青，小青，我是金铃子呀！你快醒醒，我们背你上医院！吃不上鱼没关系的呀，拜托你快醒过来吧，我们还要在地头搭窝棚轰野猪呢！"

说完她主动向刘大柱请缨：

"大柱，我也背得动她，就让我和佩琴一起背她下山吧！"

刘大柱拍了一下刘金铃的肩膀，说："好，留几个同学收拾一下，我们先下山去吧。"

就这样，刘佩琴和刘金铃轮流背着叶小青往山下走，不一会儿就到了刘大柱家。刘大柱妈妈早听过先下山的同学汇报,知道自己的外甥女可能发了"羊角风"。她回想起小时候在学校读书时,就曾见过同桌一个小男生发过"羊角风"。夏天午睡时,发病的同学突然倒在地上,口吐白沫,呼吸暂停,将老师和同学吓得一片混乱。但这时最重要的是镇静,只要让他躺在讲台上休息一会儿,掐人中之后,他就会醒过来。问他刚才怎么啦,他表示什么都不知道,有一点短暂意识丧失的现象。这个男生后来经过治疗,就再也没发过这病,可见这病是可以治愈的。现在这个男同学已成了当地的一个小老板,并且照常结婚生子,什么都没耽误。

可这回发病的毕竟是自己亲外甥女呀!这个可怜的女孩发了病,怎能不让她着急、抓狂呢?

等小青由女同学背到自己面前时,李英急得手足无措,也不知怎么处理才好。她立即将小青紧紧地搂在自己怀里,嘴里轻轻地喊着:

"囡呀,囡呀!你怎么了呀?姨娘在呢!你什么都别怕。"

一边说,一边拍着小青的前胸和后背。正紧张间,忽然听小青在姨娘的怀里发出了咻咻的笑声。原来半路上,她还在刘佩琴背上时,就已经被晃醒,恢复知觉了。只是她十分享受伏在刘佩琴背上的时光,因为那一刻她全然忘掉了受的一切腌臜气。而此刻幸福地躺在姨娘的怀里,她觉得自己好像回到了妈妈的怀抱。

后来,经过医院的检查,果然如李英所料,因是突发,只要平时生活中注意作息,按时服药即可。

第九章 你好，新学校

终于开学了。叶建国在开学前顺利办妥了叶小青的转学手续。

真没想到，在田野的包围中，在那一圈围墙之内，竟隐藏着一个这么美好的古色古香的中学校园。叶小青注意到，进入学校大门，左右两侧先是由木隔扇门窗构成的门卫室和教工开水房。左手边的门卫室门口，站着一位臂戴红袖标的门卫师傅，高高的个子，脸上满是笑容，让人觉得亲切温暖。这让叶小青马上对这所中学产生了好感。右手边的开水房里，站着一位腰系蓝围裙的短发阿姨，她手上还提着两个热水瓶，屋里电茶炉的红色指示灯还在不停闪烁。

校园面积不大，一条曲折的小河蜿蜒穿过校园，营造出小桥流水的意境；众多的古树名木使整个校园的环境显得古朴、典雅与幽美；花坛里的各色花草正盛开着，虽都不是什么名贵的品种，但使校园看起来生机勃勃。

"前面就是校长办公室了。"叶建国扭头轻声告诉走在他身边的叶小青。

"嗯。"叶小青轻轻点头。

她一下子喜欢上了这个美丽的校园。为了跟上爸爸的脚步,她迈开腿沿着平坦的水泥路面快速往前走,边走边仔细地观察这里的一草一木。想着以后自己就要在这里读书了,心里不由得生出了一种特别的情感,是喜是悲,还是悲喜交集?说不清道不明,那就只能且走且看了。

反正自己还小,还有大把岁月可供挥洒。不管将来是在国内上大学,还是去国外打拼,都得努力学好英语和基础课,然后奔向开阔的世界。哈哈,到那时候就笑看那个金曼丽一边哀叹红颜不再,一边佝偻着身子、咳喘连连、夜不能寐吧!世人不是都说"谁能笑到最后,谁才笑得最好"吗?这话真是太经典了!如果换用一句常见的歇后语来说:

"那咱们就骑驴看唱本 —— 走着瞧!"反正不学无术的金曼丽,想跟本小姐斗法,门儿都没有!

走过小花园之后,他俩来到一幢小楼前。

小青低头仔细看了看这幢小楼一楼的台阶,发觉这小楼建造得可真精致,平整的水泥地面,呈现出光洁的鸭蛋青色,上面打扫得纤尘不染。抬头一看,门厅上挂着一块白地黑字的木牌子,上面写着"洛镇中学行政楼"七个黑体大字。

叶建国抬腿就走上了一楼走廊,并熟门熟路地左转走到楼梯前,他们很快就来到了二楼。左手第一道门上镶着一块长方形的玻璃,上面写着"校长室"三个红字。叶建国踮起脚尖,透过玻璃朝室内张望一眼,之后才抬起手轻轻敲门。"笃笃笃"的敲门声一停,那门突然开了。贴着门板站立的叶建国猝不及防,差点整个身子扑了进去。这时,屋里传来一个好听的女声:

"谁这么早就来我办公室敲门啦?"

"王校长早,我是叶建国,昨天刚跟您见过面的。"

"喔喔喔,是上海来的叶总呀!请进,请进,请进!"

这位王校长长着一张白白的圆脸,见人总是笑吟吟的,一点也不会板着脸、端校长架势,很和善的样子。看到叶建国身后的女孩,她马上笑容满面地迎过来说:

"哦,这就是要转到我们学校来读初中的叶小青同学吧?长得真可爱。"

叶建国听王校长这么一说,马上转身推了一把小青,让她面朝王校长站好,说:

"青青,这就是王校长,以后你可要听校长的话哦。"

叶小青上前一步,先向王校长鞠了个躬,然后又开口向她问好:

"王校长,您好!"

王校长笑眯眯地转身走到办公桌前拨起了电话,不一会儿电话就通了,只听她冲着话筒说:

"是初中部的小刘老师吗?我是王锦君。请你马上来我办公室,接一下你们班的新生叶小青吧。"

"嗯,对对对,就是从上海转学到我们初中的叶小青。"

"我想就将她放在你们初二(2)班,跟刘大柱一个班。你可要好好带她哟!"

"好的,好的。"电话里的声音很响,连站在一旁的小青都听得清清楚楚。王校长紧接着又对着话筒说:

"那就请你马上过来接她一下吧!我一会儿还有一个会要开,不然我就带着她过去了。"

王校长打完电话,叶建国如释重负地叹了口气,站起来搓

着双手对王校长说:

"谢谢王校长!谢谢您费心为我女儿安排班级!那么一会儿来接小青的刘老师,想必就是小青的班主任了?"

"对咯,就是以后负责小青同学的班主任。这刘老师是洛水本地人,刚从师范学院毕业,是教育学专业毕业的硕士研究生。虽然年轻,但论学历她可是我们学校的头块牌子,你女儿交给她来带,你尽可放心。"

王校长的一席话说得叶建国又站起来,以更加感激的语气对王校长说:

"这,这实在是太好了!放心,放心!对您的安排我是一百个放心!谢谢王校长,谢谢王校长!"

话音刚落,就见一位短发长裙、脚踩高跟鞋的女老师"嗒嗒嗒"快步走进了校长办公室。

这应该就是王校长刚刚提到的小刘老师了。只见她一进办公室,还未向王校长致意,就先向前一步拉起了叶小青的手,说:

"你就是新来的叶小青同学吧?你安排在我们初二(2)班了。我姓刘,叫刘兆梅,是你的班主任。那我们现在就走,我带你去初二(2)班的教室,认认门。"

王校长笑着朝小刘老师说:

"怎么,刘老师你这就走啦?不在我这儿坐一会儿?"

小刘老师也笑着回答:

"不坐了。您挺忙的,再说学生都已经在教室坐好啦!听说他们对学校一开学就先安排上两堂连贯的思品课有意见,我得马上去班里看看。"

"对对对,你是班主任,是得赶紧过去检查一下报到情况。寒假期间跟家长外出的同学肯定不少,不知是不是都按时返校上课了。

"还有,你告诉同学们,开学这两堂思品课的主讲老师是我特地从省里请来的。这两位可都是正教授级研究员,我做了很多工作,好不容易才让他们接受我的邀请来我们中学讲课的。你跟同学们说,一定要认真听讲,尽量多与他们在课堂上互动,展现我们洛镇中学学生的素质。"

王校长交代后,又拉过叶建国向刘老师介绍:

"喔,小刘老师,你先等一下,认识一下叶小青同学的家长。这是上海来的企业家,上海洛水贸易公司的总经理叶建国。"

听王校长这么一介绍,小刘老师才回过身来与叶建国握了握手,并招呼道:

"叶总好!要么你跟我们一起去你女儿的教室看看吧?"

"好的,好的。"

小刘老师"嗒嗒嗒"地走在前面引路。下楼后,又朝东穿过小花园,一直走到一道用青砖砌成的高围墙前。他们刚在一道黑色大铁门前站定,就见到那个门卫师傅跑过来为他们打开了大铁门。大门外是一条名叫洛河路的大马路,路对面可见一道用红砖砌成的高围墙,正对小院大门的是用四根柱子撑起来的教学楼大门,大门右侧的门柱上挂着一块很大的木牌,上面白地红字写着"洛镇中学"四个正楷大字。进了校门,只见里面有三幢高高的教学楼,呈"品"字形排列。小刘老师抬手一指,介绍道:

"这个大院是我们洛中的教学区。前面这幢是初中部,后

叶小青在洛镇中学上第一课。小刘老师向全班同学介绍小青。叶建国在门外示意小青好好上课。

面两幢为高中部。我们现在就去初中部三楼的初二（2）班教室。"

三个人登上三楼，来到初二（2）班教室门口。教室门大开着，里面已经坐满了学生。叶小青一眼就看见了刘大柱，感到十分亲切，又很安心。大柱一看见姨爹和叶小青，就朝他们大声地喊起来：

"嗨，小青姐，我们在一个班呢！还坐同桌！"

这一喊，弄得叶小青有点不好意思。她看大柱旁边的位子空着，便径自穿过走道，走到了刘大柱身边。拿下肩上的书包往桌上一放，坐了下来。坐定后，她朝叶建国轻轻挥了挥手，又用手指往右面指了指，意思是"一切都好，你就放心回上海去吧"。

叶建国见状，也抬手向她做了个往下按压的手势，意思是"你就坐下来好好念书吧，我就回上海上班去了"。小刘老师在旁观察着父女俩的动作，也猜不透他们打的是什么哑谜，只是微笑着，也不说话。之后，她背着手在教室里来回巡视。走到叶小青身边时，她拍了拍小青的肩膀，低声说："你先这么坐着吧！如不合适，以后再做调整"。

刘老师巡视完毕，回到讲台上，开口讲话了："新学期开始了，大家得收收心，把心思放到学习上来。今天，我们班来了一位新同学。来，叶小青，你上来向大家做个自我介绍吧！"

叶小青想，自己是从大城市转学来的，可不能露怯啊！于是她大大方方地站到前面，开口说道：

"同学们好，我叫叶小青，原来在上海读书。初来乍到，请大家多多关照。"话音刚落，大柱就带头热烈地鼓起掌来。

回到座位上没一会儿,上课铃声便响了起来,叶小青不禁精神一振。她期盼着的校长说的思品课终于要开讲了!她坐得十分端正,望着前方的讲台,焦急地等待着思品课的主讲老师的到来。

只见笑吟吟的王校长引着一位胖乎乎的中年男人登上了讲台。

"同学们好!"

"老师好!"

"同学们,新学期第一课,我们特别邀请了省社科院研究员林国堂老师来为我们讲思想品德第一课。林老师是社科院正教授级的研究员,对思想品德方面有深入的研究。林老师平时工作很忙,邀请他去讲课的地方很多很多。今天他能拨冗来我们洛镇中学开讲,真是我们学校的荣幸,也是在座各位同学的荣幸,让我们再次以最热烈的掌声欢迎林老师的到来。"

又一阵"噼噼啪啪"的掌声过后,那位头发梳得光光的林老师便登上讲台开讲了。他先声夺人地说:

"同学们,今天我要讲的题目是《道德从何而来?》。"

说着,就转身用白粉笔在黑板上写下了题目。不愧是省城来的正教授级研究员啊,那一手漂亮的板书首先就将同学们镇住了。

"这字写得怎么这么好看!"

"真漂亮啊!"

同学们纷纷议论着。

"好啦,讲课之前,我想先请全班同学回答我一个问题。"这一下又将同学们吓住了,大家面面相觑,像是在问:"会提什么问题呢?怎么还什么都没讲就提问呀?"

好在林老师紧接着说:

"我的问题是:你们小时候和爸爸妈妈看电影时,问得最多的问题是什么?"

"问得最多的问题?"

"我知道,就是问电影里的人物哪个是好人,哪个是坏人。"

"回答正确!的确是这样。我小时候也这样,盯着屏幕,老是拉着爸妈的衣服问个没完:'这个是好人,还是坏人?''这个呢?这个女的妖里妖气的,肯定是特务吧?'我要讲的问题就在这里,我们长期受这种'非黑即白''非对即错'的传统观念影响。可事实上,人性是极其复杂的,没有纯粹的'好',也没有纯粹的'坏'。每个人心中都并存着好的一面和坏的一面,它取决于周围的环境、制度和人被激活了的那一面。我们且举一个社会上经常发生的例子来说吧:一个老大爷在马路上行走,不小心摔倒了。这时候旁边看到的人是扶,还是不扶?一个负面的例子是,有个好心人去扶他了,但这个好心人非但没得到老人的感谢,反而被老人一把抓住说'你别跑,明明是你撞倒了我,还想就这么扶一下就逃掉?'这种事例,我们在新闻上听到过不少。我记得有一年春晚上,还演过一个这样的节目……"

林老师绘声绘色地讲着。

生动的演讲紧紧抓住了同学们的心。教室里静静的,大家都在想:是啊,碰到这样的倒霉事可怎么办呢?不是天天讲学雷锋做好事吗?社会像这个样子,谁还敢出头做好事呢?叶小青低头在听课笔记本上写下了这句话,并且画了一个大大的问号。带着这个问题,她又认真地听了下去。

林老师话锋一转,开始分析这个老人恩将仇报、诬赖好人的原因,说到底还是社会制度问题。摔伤的老人没有医保,因此他受伤时最大的痛苦不是自己身体上的疼痛,而是担心要上医院去救治的话,这钱从哪儿来。自己的子女没本事、收入低,他不想拖累他们拿出钱来给自己治病,所以他就想着抓住一个无辜的人做垫背,为自己解决这个难题。这可以说是社会制度的缺陷,激活了人性中"恶"的一面的一个实例。它让我们认识到,社会还没有进步到让人们"可以展现道德"的阶段,我们中国人不缺德,缺的是可以让"德"展现出来的有制度保障的大环境。

"我从来不愿听人们站在空洞的道德立场上,来谈论道德。首先,那只能是空对空,没有意义。基于开头我讲的'人性的复杂'与'道德展现的前提',我们要想快速推动社会进步就不能只停留在抱怨上。抱怨别人是没有用的,重要的是要反思自己,并尽快改变自己,让自己成为'展现道德'的一种社会积极因素。当社会上的所有人都能主动积极地成为这个积极因素的时候,我们社会的'道德'面貌就会彻底改观了。以上讲的,是我们这一课的第一个问题。不知道同学们听懂了没有?下面我就留一点讨论时间,请同学们自由发言。"

"林老师,你刚才讲的这些内容实在是太好,太有意义了!我是一名转校生,在上海读书时从来没听老师讲过这么贴近现实又这么深刻的政治课。"小青首先举手发言。

"谢谢!我归纳一下这个同学的发言,她所说的话主要突出了'现实'和'深刻'这四个字。请问这位女同学你叫什么名字,以后有机会欢迎你与我再做深入的交流。"

"林老师,刚才这位发言的女生名叫叶小青,是刚从上海转学来的新生。"坐在小青旁边的刘大柱迫不及待地站起来说话,急得叶小青一把将他拉住,让他坐在自己身边别动、别多嘴。刘大柱偏不让她管,将身体扭来扭去。他俩的举动,林老师看了觉得有些好笑,他敲了敲黑板说:"同学们,安静!"

然后他又接着讲了下去:

"下面我要讲的是关于道德的另一个话题。首先,我想问:一个人的道德表现是分场合的吗?"

"分。"

"不分。"

教室里发出的各种声音,像一滴水滴进了油锅似的炸开来。林老师忙抬起双手朝下压,示意大家安静下来:

"大家别吵,我们分正方和反方,各派一位同学作为代表站起来发言,好不好?"

"好!我先说。"

刘大柱站起来开始说:

"我认为是分场合的。比方说,我们班的同学在自己教室里就不会随地吐痰,否则让那么多同学看见显得太没道德、太丢脸啦!反之,他可能会跑到大街上吐痰,大街上那么多人,谁认识谁啊,想吐就吐呗!对不对?"

"对。"

林老师点点头,肯定了刘大柱的发言。

"请问这位同学叫什么名字呢?你说得很实在。"

"我叫刘大柱。"

"我刚才说的'对',是讲刘大柱同学的发言很切题,不是说在大街上吐痰这件事对。不论怎么说,随地吐痰都是一种不文明的行为,是不对的。只不过因为大街上人来人往,陌生人很多,所以有人即使做了错事也不怕难为情。针对刘大柱同学的发言,我接着要提出一个'道德'问题上的新概念,叫'熟人社会'与'陌生人社会'。刚才这位男同学,叫刘大柱对吧?"

"是。"大柱应了一声。

"这位刘大柱同学的发言很好,因为他实际上提出了道德评判上的一个重要概念,即'道德与环境'。我们每一个社会人都生活在一个独特的'社会环境'里,按刘大柱同学的说法,我们可将不同的社会环境,简单划分为两类,即'熟人社会'与'陌生人社会'。"

林老师接着说:

"你生活在我们这个班级里,班里三四十位同学都互相认识,这就叫'熟人社会'。生活在熟人社会中的人个个谨言慎行,行动上不敢造次。比如这位刘大柱同学和一个女同学闹了矛盾,如果抡起拳头打她,一定会很痛快、很解气,但你敢吗?在本校本班,我想你是不敢的。甚至,你会表现得很绅士,很有道德修养。这就可以称作'熟人社会效应'。我们可以将这个现象推而广之。比如在社区、在同一幢楼里,大家都十分熟悉,知根知底的,就不会乱扔垃圾,不会大声叫骂,也不会随便占用公共空间搭鸡窝、养宠物。

"这好吗?这当然很好。可光靠'熟人社会效应'来培育公共道德还是不行的,还得进一步从提高每一个公民的道德素养入手才行。什么时候大家都学会了将陌生人也当熟人看待,那离我们文明社会的目标也就不远了。而这需要我们做怎样的努力?需要多长时间?这个问题就作为这节课留给大家的课后思考题。如果我能看到咱们班有同学能就这一问题写成一篇作文,我会很高兴,并会将此转给你们的王校长一起研究,作为她请我来讲第一课的礼物。好不好?

"大家希望下节课讲什么,或者你们觉得思品课怎样讲才能更好,可以课后找我聊聊或者写建议交给我看看,以便我进一步拓展思路,将每一堂课都变成宣扬社会主义核心价值观的最好阵地。同学们,下课!再见!"

教室里响起热烈的掌声,全班同学真诚地感谢林老师上的这一节思品课。林老师也在离开教室时,默默地念叨着:"真不错。想不到在这样的郊县边地,还有一所这么好的中学,还有一群这么开朗、热情、活泼、聪明的中学生!"

接下来还有一节思品课,因为听了林老师那么生动的关于"道德问题"的课,现在同学们都很期待下节思品课。下面的课讲什么呢?将由谁来主讲呢?如果还是由本校政教处的被称为"马列主义老太太"的宋老师来照本宣科地念讲义,那就太没意思了。刘大柱正这么想着,就听上课铃响了起来。

教室外好像有人在走动,大家紧盯着教室门外,只见又进来了两个人:领头的是学校教务主任张老师,她这回带来的是个大胖子男老师。这大胖子也没等张主任介绍,便十分利索地一步跨上了讲台,并轻快地靠着讲桌开讲了。

他的第一句话说得十分奇特,似乎想跟大伙儿拉近关系,"本人大名胡贵材,外号'胡胖'"。这么坦率直白的开场白,引起了同学们的好奇心,觉得这个大胖子有点意思。且听听他接下来怎么讲吧!

教室里一下子变得很安静,同学们都仰头等着下文,这让胖子老师很受用。他开始滔滔不绝起来:

"别看我长这样,我可不是饕餮之徒。我饮食清淡,基本吃素,处事也不糊涂。上班追求进步,业余泡在'乐途'。我这人特别喜欢旅游,是'乐途旅游网'的创办人之一。我的目标是:走遍祖国山山水水,写尽美文华章。对了,今后同学们看到署名胡贵材的风光散文,请麻烦告诉我一下。如果讨到稿费,我会分出一部分请你一起喝咖啡吃比萨。我说话算数!

"以上是开场白,下面我正式开讲。这节课的主旨有点'惊世骇俗',叫'与其抑郁,不如早恋'。有同学听了可能会跳起来,大喝一声:'大胆胡胖,竟敢在课堂上公开提倡早恋!'

"且慢,且慢。请大家不要着急,先听我讲一个真实的故事,这是一个发生在当今社会的真实案例,想必大家都听说过或看到过有关报道和讨论。报道里说的是一位名叫林嘉文的十八岁天才少年,他自小对史学很感兴趣,小小年纪便已经出版过两本史学著作,并引起学界关注——庆幸史学研究自此后继有人,却不料那人竟选择了一条不归路。

"十八岁啊,多么美好的青春岁月、花样年华!这样的'史学奇才'却在家中跳楼自杀了!那么是什么'杀'了他?

"离世前,他给父母、恩师、心理医生、朋友、同学留下遗书,在表示感激的同时,也表达了对人生的失望。他说:'问太多、想太多是种折磨。因为这样,人就很难活得简单、快乐。'

"事实上在自杀前一年,林嘉文在回答记者问时,就表现出了抑郁的倾向。在自杀前所写的遗书中,他更坦白地说出了这一点:'觉得自己的离去,不仅是感性地对抑郁、孤独的排解,也是变相地对我理性思考成果的表达。'

"对于他写的这一点,我不敢苟同——既然他已做过'理性思考',且有'成果',那就不应采取自杀这种行为呀!但这话如今我说了又有什么意义?不管怎样,林嘉文已经走了,永远地离我们而去了。他死于抑郁、孤独。

"虽然林嘉文的离去已成事实,在他身上也已不可能有任何假设,但作为老师,我仍希望与同学们讨论一下,是否会有另外一种可能——假设林嘉文跳楼前,他的父母和老师已经看出了他身上存在的抑郁倾向,并且都知道专家的一个明确的论断——抑郁症患者都是善良和思想深刻的人,但陷于黑暗中无法排遣。

"那么,他的父母和老师,能不能为他寻找或创造一个'思想情感共振'的圈子,让他能及时地脱离原来的'黑暗',走向光明,从而变得愉悦、开朗起来呢?

"比如鼓励他去找一个有共同语言的同伴,享受特别有'诗意'的精神生活。这样做,或许会对这位少年的学习与进步产生一点我们通常理解上的干扰或影响,但或许林嘉文也可能因此走出抑郁困境,而继续生气勃勃地前进在追求美好情感的道路上。他快乐地活着,与同伴共读一部有意思的史书典籍并做一点深入的交流和探讨,或去公园,在松柏树下吟诵诗作,书写唱和,多么美好。

"当然,抑郁是一种精神疾病,必须在专业医生的指导下用药治疗。但是,如果有真挚感情的引导,有对生活的美好向往,说不定他的结局会不同。这就是本人今天要讲的这一课的题旨。

"可能有些同学们会吃惊,觉得我胡胖这个人,好发奇思怪想,作为中学老师有点不靠谱。但我不在乎,我更愿意同接受我这个观点的青少年交朋友,我们可以一直探讨下去。如果本人今天的这一通怪论,正好对某位学子解决在今后成长路上遇到的磕磕绊绊有所帮助,那就功德无量了。

"同学们先休息十五分钟,下节课我们再来讨论这个话题。

"谢谢同学们,再见!

"哦,我留下我的手机号码,否则说'再见'就成了一句空话。"

在热烈的掌声中,胡胖动作轻捷地跳下讲台,离开了教室。

他还未走出教室,男女同学就已经炸开了锅。有人说:

"对呀,对呀!"

"这胡胖说得很好呀。"

"道理是这样的道理,但一般的中学老师谁敢这么胡言乱语呢?"

"这样讲的话,还不得让校长的眼睛瞪出血来。"

"哈哈哈!呵呵呵!与其抑郁,不如早恋。同学们赶紧上啊!还等什么呢!"

离开教室不到一刻钟,已经吸了一支香烟的胡胖又进来了。他组织全班同学一起讨论他提出的话题,说:

"老规矩,我们可以分正方与反方两派来谈。这只是教室里的'课堂讨论',无所谓对与错,只要说真心话就好。我们不扣帽子,不打棍子。"

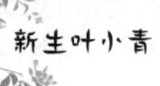

教室里吵吵嚷嚷地说开了……

转眼三天过去了。

在新学校的日子,小青过得异常顺利,很快就适应了一切。然而小青最忌讳的男孩女孩之间不该发生的误会,突然发生了。

那天下午,一个值日生在教室打扫卫生时,在小青和大柱的座位底下捡到了一团粉红色的纸。因为好奇,值日生就小心地将它展开抚平了,竟发现那纸上写满了"青"字,同时纸的右下角,还有一幅穿着短裙光着两条长腿在跳舞的女孩的漫画。仔细一辨认,他更惊奇地发现那跳舞女孩的脸型和新转来的叶小青竟十分相像。

"这是谁写的字?谁画的画?"

事情很快被反映到了班主任小刘老师那儿。

小刘老师还算淡定。她认为班级里出现这样的纸,是同学们青春期情感萌动的表现,没什么可大惊小怪的,如何不影响同学们的感情和心情,正确地处理这件事才最重要。她很正式地对班里的同学们说:

"谁能正确处理好这事,谁就是最后的胜者。老师衷心希望这些字与画的作者能勇敢地站出来承认。当然老师也有办法找到这个人,但在可能的情况下,老师也不希望兴师动众。"

这时,令叶小青没想到的是,身边坐着的刘大柱忽然站起来大声说:

"刘老师,那上面的'青'字是我写的。今天上午小青姐批评我,说我的字写得不好看。我不服,就写了她名字中的那个

'青'字叫她评判,我认为我写得挺好的,是吧?

"至于那个跳舞女孩的漫画,是那张纸上原本就印着的,我还真没有这个水平能画出那么生动的画呢!哈哈……"

"哈哈哈哈……"

"哈哈哈哈……"

刘大柱本想多发出几声"哈哈"来掩饰自己的尴尬,却不料他的笑声一下子被全班同学爆发出来的"哈哈"大笑给淹没了。于是他就悻悻然地自己偷偷笑着,慢慢坐回了位子上。

一场风波就这么平息了下去。

第十章 校民共建新洛水大联欢

这是新学期开学第一周的一个上午,一支奇特的队伍自南向北沿洛水镇的洛河路走来。领头的是一位中年妇女,一身洛水乡下人装扮。她手举一面小旗,精神百倍的样子。她的身后是一支小小的鼓乐队,铜锣"咣咣"地敲着,两片大镲跟着锣声拍出"起,起起,起"的节奏。另有一人专拎了一只小铜锣,用一根削成刀形的木槌打出"退,退退,退"的节奏,合成了"咣起退起,咣起退起,咣起咙咚锵"的节奏,让人觉得马上会有一个大老爷登台"咣起退起"地踏起步来。更令人称奇的是,后面还跟着一位《洛镇晨报》的摄影记者,举着一架单反相机,边走边"咔咔"地拍着照片,做着采访录音。

明眼人一看,就知道这是一群来自乡下的人。他们估计是坐城郊班车到洛水汽车南站下的车,再沿着洛河路"咣起退起"步行走进镇街的。那么他们是从哪个村来的,又要到哪里去呢?

洛水这个地方,镇子不大,经济尚算发达,历史文化根底也颇为深厚,所以过年过节时总是十分热闹。比如正月初一那天,就会有跳马灯和跳大头和尚的民间文艺表演队伍,从洛河路由南向北走过镇中心的热闹地段。但这是正月初一才会上演的节目,今天怎么冒出这样一支看不出名堂的草台班子?有好事者憋不住好奇,跑上前去很小心地将《洛镇晨报》记者吴国九拉到一棵行道树下,摸出一盒烟来,打开来先向吴国九敬上一支烟,然后便向他打听起来。那吴国九点着烟猛吸了一口,一边吐着烟圈一边伸出右脚在地上划圈子,等喷出一个大大的烟圈后,他才带着神秘的神情回答:

"呵呵,你是问他们是什么来头,是吧?我跟你讲,他们是从刘庄村的一个敬老院过来的。听说我们洛镇中学的两个学生,新年第一天到他们敬老院做了一件好事,今天他们是特地给洛镇中学送感谢信的。详细情况明天你看我的报道就知道了,好吧?"

说完挥手别过,又颠颠地跑向前去继续拍照、采访。

队伍很快就走到了十字路口,贯穿洛水镇的是两条构成"十"字形的马路:南北向的为洛河路,东西向的为洛水路。吴国九自告奋勇地为刘庄客人当向导,引领着队伍沿着洛水路往西而去,直走到洛水西路100号的小院门口,即洛镇中学的行政办公楼所在地。吴国九先抬手叫停了后面的队伍,熟门熟路地穿过小花园,走进了二楼的校长办公室。

王校长听闻有这样一班客人来送感谢信,十分意外,当即拔脚飞奔下楼亲自到月洞门前迎接。

在吴国九的介绍下,王校长与李梅院长正式见了面,并很认真地握了手,互相说着久闻大名之类的客气话。

吴国九更是从不同角度,为这两位女领导的会面拍了不少合影照片。事实上,他这也是为今年的三八妇女节专题报道提前做一点资料准备工作。寒暄完,王校长就将一行人带

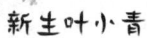

到了行政楼里的小会议室。

洛镇中学小会议室的中间摆着一张长条形会议桌,中央位置摆着不少绿植和鲜花,靠墙是一排沙发和靠背软椅。等众人一一落座后,李梅院长做了自我介绍,并介绍了随行的刘庄自然村村支书刘宗任。见面会紧接着正式开始,李梅院长先起立致辞:

"尊敬的王校长和各位老师,大家好!事情是这样子的,今年正月初一,贵校有两个初中生自发来到我们村的敬老院向老人们拜年。我们村的敬老院里住着几十位老人。年轻时,他们都在村里务农、种田或者搞山林特色经济。那时他们个个体壮力健,不仅是村里的主要劳动力,而且还是村里的基干民兵和国防后备军。他们白天下地做农活,晚上还要值夜轰赶下山祸害庄稼的野猪。他们可都是为村里平安建设做出过巨大贡献的老人。现在他们老了,有的身体还不好,基本上已经失去了劳动能力,为此我们村的党组织从人性化的角度出发,以微薄之力建起了敬老院,供养这些老人,让他们可以安度晚年。"

李梅院长接着又说:

"我们敬老院里的所有工作人员,包括我在内都是志愿者,大家都心甘情愿地为这些老年人做一些服务工作。"

小会议室内响起热烈的掌声。

"不不不。不客气,不客气。我们大伙都明白,这是我们应该做的。人吃五谷杂粮,谁不会经历生老病死呢?应该说这是一项十分崇高的事业,所以它得到了很多人的关心和支持。令我们感动的是,贵校的两位中学生刘大柱和叶小青同学,在春节大年初一那天下午,特地来到我院向各位老人拜年送红包。他们受到了院里所有老年人和工作人员的热烈欢迎和感谢。他们走了以后,这些老人还一直嘱托我一定要写一封表扬信送到洛镇中学,向校领导和全体师生表示诚挚的感谢,你们培养的学生真是太好了,太有人情味了!尤其要特别感谢的,是你校的叶小青同学,她把平时省下来的零花钱和过年所得的压岁钱,以她母亲李珍的名义送给了我们刘庄敬老院的全体老人。叶小青同学这种尊老、敬老的善良行动令我们非常感动。在此,我要再次代表老人们向贵校和贵校的同学致以衷心感谢!同时还希望,这份正能量能够继续传递下去。"

掌声再次响起!

她接着又说:

"我们希望王校长能在适当场合,公开表扬或奖励一下刘大柱和叶小青这两位同学。他们的爱心行动让院里的老人们感受到了儿孙辈送来的温暖,也同时激励着我们这些工作人员,今后要更加全心全意、尽心尽力地为老人们做好服务工作。谢谢了!

"我还有个想法,想带几个有文娱特长的老人来学校,跟老师和同学们搞一次大联欢。一方面对老师的辛苦工作和同学们的勤奋学习予以慰问,另一方面也能给孤寂的老人们带去一份额外的安慰与温暖。同时,也希望这份正能量能够在全洛水镇得到传递和发扬,从而进一步在全社会形成一种尊老爱老的好风尚。"

李梅院长刚说完,会议室内就响起了热烈的掌声。

几天后,王校长在校长办公室召开了一次校务扩大会议。会上,王校长通报了上次刘庄敬老院院长李梅率领访问团来学校送感谢信的情况,同时提到了吴国九在《洛镇晨报》上所发的消息和照片,在本地所引发的强烈社会反响。

王校长非常开心地说:"这两天啊,我办公室的电话简直都要被打爆了,上至镇教育局,下至洛水各大小单位的头头脑脑,差不多都打来了电话。一方面热情赞扬了我们洛镇中学两名学生的行为,另一方面又在电话里详细询问了我校开展这个活动的出发点和具体操作过程,更有一些单位领导,干脆带着一队人到我办公室来'学习''取经',说是他们也想用一种有意义有宣传价值的形式走向社会,多做些这样的好事,以弘扬正气树立好风尚。哈哈,这叫我怎么回答呢?真是弄得我很不好意思。如此,我也只能实话实说。当得知此事是我校两个初中生的自发行动之后,他们都向我竖起大拇指,赞扬我们学校培育的学生有爱心、有孝心、有责任感。"

王校长在校务会上做完这一番汇报之后,马上找来叶小青的班主任刘兆梅老师。两人交流了当前学校开展争五优活动的情况,都觉得下一步应该趁热打铁,进一步推进活动以扩大影响。两人的认识高度一致,都有一种马上起跑的劲儿。

小刘老师像是早有准备,她向王校长提出:根据叶小青同学的优秀表现及事件产生的影响力,应在我校开展的"五优魅力卡"活动中为她加分,并在广为宣传的基础上,为她发一张"五优魅力卡"的"宝石卡"。

对此,王校长含笑表示同意,当场就拍板批准。同时,还建议她举行一次有外班同学代表出席的主题班会。在班会上将"宝石卡"当场颁发给叶小青同学,扩大校内影响,以鼓励更多同学能用更具影响力的实际行动创优,坚定不移地"打怪升级"。

商量好以后,小刘老师想起身离开,却又被王校长按在座位上,王校长说:

"你先坐下,别急着走。我还有一件重要的事要同你商量。"

"什么事啊?"

王校长说:

"刘庄敬老院的李梅院长上次说到,他们有组团来我校慰问的意向,还想和我校师生开展'校民共建新洛水大联欢'活动。我想,社会上有群众主动来找我们搞共建活动,是一件难得的事,我们一定要积极热情地表示欢迎并认真组织。但要搞联欢就得有文娱节目,我们正常的教学活动又不能中断,那拿什么节目与他们开展联欢呢?我想这节目既要有意义,又要有浓厚的生活气息,要接地气,贴近当地老百姓的生活,要尊重他们的欣赏喜好。因此我想听听你的意见,小刘老师,你正年轻,刚从大学出来不久,希望你能充分发挥特长。"

刘兆梅听王校长说得诚恳,便爽快地脱口而出:

"这是好事啊,而且不难!我们学校人才济济,好多文娱爱好者正愁找不到露一手的机会哩!"

她想了想,接着说:

"我可以组织中青年教师和学生一起排一个合唱节目,曲目可以选《大中国》。这首歌曲既喜庆,又有深厚的爱国情怀。"

王校长一听,就说:

"这首歌曲好,既生动活泼,又好唱好听,还是进行爱国主

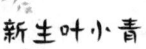

义教育的好教材。我看这个节目今天就可以定下来了,只是小刘老师你要多辛苦点。"

小刘老师点头表示赞同,并到教学楼把叶小青同学带到了校长室。她想和王校长一起听听,这个从上海来的小家伙还有什么好的想法和创意。

叶小青来了,她毕竟还是个孩子,听说要举办大联欢的事,马上开心地跳了起来,说:"年初一那天拜年送红包时,我就已经有过模糊的联想了。敬老院里有一位阿炳爷爷,他虽是个盲人,却会拉二胡,还能演奏不少经典名曲。我特别佩服他,还和他合作唱了一首《茉莉花》。当时我就想,如果以后搞文娱演出,我可以邀请阿炳爷爷伴奏。不知道这次联欢会他上不上台?"

小刘老师和王校长点头表示认可。受到鼓励的叶小青只觉浑身轻松得要命,随即大胆地说出了她的另一个想法。说她在年初一那天,发现刘庄村有一位住在破草房里的老劳模阿菊婆婆,她的身体很不好,已经得了多年的风湿性关节炎,住的草房子更是不挡风也不挡雨,这种阴冷的房子让阿菊婆婆关节疼得一宿宿睡不着觉,真是可怜哪!所以她想请爸爸叶建国也来参加这次大联欢活动,事先带他去考察一下刘庄村,让他亲眼看看老模范阿菊婆婆的生活。

"我爸爸出身很苦的,自小跟爷爷长大。他现在有点钱了,我相信他一定会同意给刘庄村捐一笔钱,让村里出人力为阿菊婆婆拆掉草房子,翻造一座有玻璃窗的砖瓦小平房,让她安居养老。"

叶小青说出来的这一主意,自然又赢得了王校长和小刘老师的赞赏。虽然对这件事不怎么有把握,但它听起来是一件天大的好事。王校长一点头,让小青去联系她爸爸。

这天放学回家,叶小青一路兴致勃勃地跟刘大柱说了大联欢活动的情况,还说了要给阿菊婆婆翻建房子的想法,听得刘大柱也热血沸腾。他激动地说:

"姐,我现在看你这么开心,像是又活过来了一样,我也特别高兴。但是,你爸公司的事,你能做主吗?还有,等这次活动结束之后,我俩得收收心,还得好好学习呢!"

叶小青说:

"那是自然,你放心好了。这次期中考试,我俩一定要努力,取得好成绩,将刘佩琴、金铃子她们都比下去。那个时候,'五优魅力卡'的评比也到了关键时刻。我如果能一鼓作气达标,那么,等到学校举行颁奖典礼时,我就可以把妈妈从上海接来。这样,我们母女俩就可以手拉手踏上红毯领奖了。还有,我想让我妈妈住在你家休养几天,让姨娘好好跟她聊聊儿时的快乐时光。这样,她说不定就会变得跟正常人一样了!唉,如果今年能接她跟我们在刘庄一起过春节,该有多好啊!她就能吃到李院长做的肉丝草子炒年糕了。"

小青又说:

"啊呀!希望明年春节我的梦想成真。那就太幸福,太高兴了!如果真的实现了,这里面也有你的一份大功劳!大柱,到那个时候,你也为我高兴吧!"

瞧着小青姐生气勃勃的样子,刘大柱当即说:

"姐,我是真心为你高兴呢!这样想来,我当时动员你转学来乡下的决策真是太对了。你看看你现在活力焕发的样子，再想想自己在上海半死不活的样子，对比一下，变好了多少！当初你还说我替你爸当说客呢！多气人哪！嘿嘿，你现在倒是实事求是地说给我听听，我错哪儿啦？"

"好了好了，是我错。我不会忘记你这个伴读小老师的功劳的，同样不会忘的还有龙潭乡村的青山绿水、新鲜空气，是它们洗去了我心里的污垢，照亮了家庭巨变带给我的黑暗……如果我现在的进步，超越了你从小学就'三同'（同校同级同桌）的好朋友刘佩琴和刘金铃，那就得请她俩原谅了。你知道我变成现在这样有多不容易，我必须努力强攻。我想她俩也绝不会看着我掉下山崖而不管的。"

"那当然，她俩绝不会。"刘大柱"咣咣"地拍着小胸脯说。

确实，洛镇中学创新的"五优魅力卡"活动就像给叶小青的身体注射了一剂强心针，而山村少男少女真诚无私的友谊也给了她力量和勇气。他们这些天给予她的美好和热情所含的正能量是如此之大，足以让她彻底告别以往，重抖擞、鼓勇气，再奋力向前。

他们姐弟俩边走边聊，不知不觉就到家了。小青跟着大柱进了大柱爸妈的房间。这是这座老屋中最好的一个房间，当地称"外轩子正间"。

老屋的布局是这样的：进大门左手边是一面很大的板壁，板壁上开了一道门，进门后沿着长长的走廊，左右分列着好几个大小不等的房间，其中朝东的一个房间即俗称的"外轩子正间"，是大柱父母住的正房。因为东墙上安了玻璃窗，所以早上只要太阳在刘庄东面的山头上一露脸，金灿灿的阳光就会照进这个房间,让他们享受到一天的温暖和明亮。

大柱进了爸妈房间,先倒在大床上伸了伸双脚,又挺了挺腰,这才拿起电话听筒拨号。不一会儿电话就通了,里面传来一个女人的说话声。咦,这是怎么回事?只听她说的是:

"您拨打的手机号码是外地号码,请在拨号前加一个'0'。"哦,原来忘记先拨"0"了。刘大柱重新拨号,这回打通了。叶建国还以为是什么客户的来电,所以公事公办地问:

"这里是叶建国,请问您是哪位?"

刘大柱赶紧说:

"姨爹!是我,大柱。"

"哦,柱子啊!你爸妈都好吧!你给我打电话是有什么事吗?"

"不是我的事。姨爹,是小青姐要找你说话。"

"噢,是小青啊!那她人呢?叫她听电话吧。"

刘大柱赶紧挥了挥手,小青过来接起了电话:

"爸爸,是我,青青,你在哪儿呢?"

"哎,青青呀!我在上班呢,你有什么事?"

"爸爸,是这样的,我们学校正在开展一个与当地老百姓的'共建'活动,要做点好事。我过年时看到村里有个阿菊婆婆,年轻时是省劳模,当过铁姑娘突击队队长。当年她在为村里修水库的时候,得了很严重的风湿性关节炎。现在她七十多岁了,身体很差,走路都困难。"

小青接着说:

"她现在住的房子,不挡风不遮雨,又潮又湿又冷。正月初一,我和柱子一起去她家拜年,看她过得真的很辛苦。所以我想,我们有能力的话,是不是能为她盖一座能遮风挡雨的砖瓦

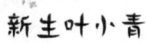

小平房,让她安度晚年。"

电话那头没有回应,小青问:

"爸,我说话你在听吗?听见了吗?"

"听见了,听见了!你接着说,你小小年纪就知道关心贫苦的人,很好很好!可惜你太爷爷不在了,如果他知道你这么孝顺长辈,不知会有多高兴!"

小青接着说:

"是啊,那阿菊婆婆现在住得那么差,我们能帮助她的话就得尽快帮,对不对?这个想法我跟王校长、刘老师都说过,她们也都支持。这两位老师你都见过的,她们可都是好老师啊!所以我就拍着胸脯跟她们保证,一定请你这个月到乡下来一趟,做一次考察。过几天,我们学校要与刘庄敬老院搞大联欢,老师们还想请你在联欢会上发言呢!"

小青又说:

"爸爸,你一定要来啊!爸爸,算我求求你了嘛!我知道你为金曼丽家买了上海市区那边的电梯房了,是不是?我今天说的这件事,与金曼丽家的事可是性质完全不同的两码事。这可是高尚的慈善事业,你不会让我失望的吧?反正你女儿如今就像是在前线作战,已经到了只要有你的一分支持就能助我一举冲上高地迎接胜利的决胜关头了。怎么样?你表个态吧,行还是不行嘛?"

叶建国只说了一句:

"我女儿真的长大了,我没别的话好说,一定照你的指示办!等着爸爸好了。"

说完他又关心了下叶小青的近况,就将电话挂断了。叶小

第十章 校民共建新洛水大联欢

青知道这事儿,算成功了。

经过多次商量协调,刘庄敬老院与洛镇中学共建新洛水大联欢的日子终于确定了,举办地点在洛镇中学礼堂。

这个"校民共建新洛水大联欢"活动的组委会主任为镇委书记张达庆,副主任兼总指挥为王校长,副指挥兼主持人为洛镇中学初中部老师刘兆梅,特邀新闻宣传员为吴国九,节目统筹为刘兆梅、叶小青。

担任组委会主任的洛水镇委书记张达庆,很看重这个联欢活动。他在干部大会上伸出手指往高处一指,强调说:"这也是我们地方党委践行社会主义核心价值观、传递正能量的好时机,我们已将它正式列入三月份镇委、镇政府的工作重点。召集大家来参加今天的会议,就是要落实具体的工作部署:第一,洛河路、洛水路的沿街马路边的行道树上必须统一挂上竹骨纸衣的洛水彩灯,夜幕降临后要点亮灯泡以营造气氛;第二,活动当天,各街道、社区要组织保安和协警做好沿街巡逻工作,以确保活动安全举行;第三,镇委、镇政府的大食堂要承担烧煮三百份盒饭的任务,保证饭菜卫生、美味,晚上准时送达洛镇中学小礼堂大联欢现场,供表演的老人和师生吃。我们一定要在思想上认识到,善待刘庄敬老院的老人就相当于善待我们自己的长辈。"

随着活动日期的临近,刘庄村村民和刘庄敬老院的老人们也在忙碌地操办着大联欢的各项准备工作。

村民们听说这次大联欢活动由镇委张书记亲自挂帅,既兴奋又感到压力。村支书刘宗达主动来到敬老院找李梅院长,

校民共建新洛水大联欢晚会在洛镇中学大礼堂隆重举行。

询问工作的准备情况,并驻现场办公,当场解决问题。

面对村支书,李梅提出了一个具体问题:如何保证平安接送几十位老人从刘庄村到洛水镇。虽然两地距离不远,但起码得有一辆有几十个座位的中巴车才成。何处找车,费用如何解决?刘宗达书记喝了一口李梅递给他的茶水,当场表态:

"中巴车我去镇里租,费用由村里承担。我知道你们敬老院经费困难。"

这一说李梅才放下心来,高兴地安排起来。

校民共建新洛水联欢晚会,在洛镇中学小礼堂举行。

洛镇中学从校门开始,一路张灯结彩。晚上五点左右,一群群穿戴齐整的洛水男女陆续进入校园,顺着彩灯布排的路线直奔小礼堂大门外的水泥地坪。喜庆的人们一边兴奋地看灯,一边翻看着刚刚拿到手的联欢会节目单,议论纷纷:

"诶,这上面还有张达庆的名字哩!"

"张达庆不是镇里的书记吗?怎么他也来了?"

就在这时,礼堂外响起汽车喇叭声,一辆白色中巴车停到了小礼堂门前。

车门打开后,首先下来的是《洛镇晨报》的记者吴国九。他举着单反相机,对着车门咔咔地拍照。镜头里首先出现了敬老院的李梅院长,阿炳老人跟在她后头,搭着她的右肩走向小礼堂的大门口,这动人的一幕被吴国九一下子就抓拍了进去。这时,拄着拐杖的阿菊婆婆由叶小青和刘大柱搀扶着,也走向小礼堂的大门,这个温馨的画面当然也让吴国九捕捉到了。"咔嚓"一声,恐怕连吴国九自己也没想到,这张照片日后

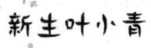

会为他的摄影事业加上一个大大的成就分。

晚会开始前,王校长在台上招呼底下的老人和学生:

"同志们,朋友们!现在已经是傍晚五点多了,大家为了今天的大联欢,忙碌了一天,相信很多同志忙得连晚饭也没吃,现在一定很饿了。好在洛水镇政府机关食堂的大师傅们满怀爱心,遵照领导的安排为我们准备好了晚饭。现在,就请我们联欢会各路志愿者行动起来,为需要的老人和村民们发放盒饭。大家只要安坐在位置上招呼就行了。这些志愿者都是我们洛中的初中高年级学生和全体高中生的代表,都是你们的晚辈,大家千万别客气,只管吃饱吃好,还有什么要求,可以跟志愿者说,他们会向组委会报告的。

"另外,我要告诉大家,今天的晚餐是洛水镇党委、政府为我们免费提供的。虽然这样一份盒饭花不了多少钱,但代表了地方党委政府对我们普通百姓的一份温情与关怀。让我们以最热烈的掌声,来表达我们的感动和感激之情!"

台下响起热烈的掌声,志愿者们开始给有需要的人分发盒饭,一切都在热闹而安定的氛围下进行着。

"丁零零!丁零零!"清脆的电铃声响起。小礼堂里的灯光开始转暗,大家都提起精神,将目光集中在前方。舞台上,暗红色的金丝绒大幕徐徐拉开,一束强烈的灯光射向了舞台左侧的演讲台。只见一身正装的刘兆梅老师娉娉婷婷地走到演讲台前,拿起台上的一只无线话筒,先试了试音响效果,紧接着面向全场宣布:

第十章 校民共建新洛水大联欢

"尊敬的张达庆书记、王锦君校长以及所有与会的各级领导,刘庄的村民同志以及师生代表,各位嘉宾,晚上好!现在,我宣布,洛镇中学和刘庄敬老院校民共建新洛水联欢晚会正式开始!"

大家迅速安静下来,个个凝神静气。小刘老师又举起了话筒:

"我叫刘兆梅,是洛镇中学初中部的老师,很高兴为大家主持今晚的联欢会。首先,我们请本次联欢会的组委会主任——中共洛水镇镇委书记、镇长张达庆同志,代表组委会致辞。请大家热烈欢迎!"

在掌声中,西装笔挺的张达庆书记走上舞台,即席发表了一通演讲,他说:

"洛水镇校民共建新洛水联欢晚会首次举行,我代表洛水镇党委、政府,表示热烈的祝贺!文明的社会,必先有文明的个人;文明的个人,必先有文明的教育。让文明走进校园,再融入社会,这对于进一步培育和践行社会主义核心价值观有着深刻的意义。洛镇中学是我们洛水地区的最高学府。她的一举一动,就如策划举办今晚的校民共建新洛水大联欢活动一样,正在或必将成为我们洛水镇精神文明建设的一道亮丽的风景。我在这里预祝联欢晚会圆满成功!"

小刘老师起立向张达庆书记致意之后,继续说道:

"谢谢张书记的热情讲话。正如张书记所说,'校民共建'是件新鲜事,校民大联欢活动也是头一次。我们洛镇中学是洛水镇的,也是在大家的关心关注下越来越好的。现在,就由我们学校的合唱团为大家演唱一首《大中国》。请大家鼓掌欢迎!"

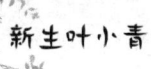

合唱团的团员们依次上台站好队列,唱了起来:

我们都有一个家,
名字叫中国。
兄弟姐妹都很多,
景色也不错。
家里盘着两条龙,
是长江与黄河呀,
还有那珠穆朗玛峰是最高的山坡。
……

一首唱毕,掌声雷动。

小刘老师又走上台来说:

"就像这首歌里唱的,我们共同生活在洛水边的这块土地上,相亲相爱,互帮互助,一起为建好洛水镇这个大家而共同努力着。"

"下面这个节目是二胡独奏《二泉映月》,演奏者为刘庄敬老院老人阿炳。"

"《二泉映月》是我国传统的二胡名曲,由盲人音乐家阿炳创作并表演之后流传下来的。这位阿炳是江苏苏州人,是我国著名的二胡演奏大师,已经过世了,不是今晚要上台的我们敬老院的阿炳老人。下面就让我们以热烈的掌声,欢迎我们洛水的阿炳老人上台表演。"

二胡声落,不等阿炳爷爷下台,小刘老师又向大家宣布道:

"下一个节目是女声独唱《茉莉花》。演唱者:洛镇中学初二

（2）班学生叶小青,伴奏:刘庄敬老院阿炳。请大家掌声欢迎。"

李梅院长扶着阿炳老人换了下位置,场内响起一阵嗡嗡的议论声。等小青穿一套浅蓝色的校服上台,阿炳拉出前奏,场内逐渐安静了下来。偶尔能听到一两句"这小姑娘真精神""看着真不错"的话。

前奏一过,叶小青开口唱道:

"好一朵茉莉花,好一朵茉莉花,满园花草香也香不过它,我有心采一朵戴,又怕看花的人儿骂……"

一曲终了,小刘老师在台上向全场观众介绍道:

"出席今晚联欢会的,还有位外地来的客人。现在我们请来自上海的嘉宾叶建国先生讲话。"

她接着介绍道:

"叶建国先生是上海洛水进出口贸易公司的总经理。请大家鼓掌欢迎！来,叶先生请！"

一身黑西装、红领带、头发油亮的叶建国,三两步跨上讲台,先向台下观众恭恭敬敬地低头弯腰致意,然后才从小刘老师手上接过话筒发表讲话:

"尊敬的洛水镇的各位领导,我的父老乡亲、兄弟姐妹们,大家好！我叫叶建国,本地五十来岁的人想必都还记得我的名字。我生在洛水,是地地道道的洛水人。我现在在上海发展,但不管我在哪里,我是洛水人这一点永远不会改变。曾经很不幸,我刚上小学时,父母就离开了人世,让我成了孤儿,从小跟着无房、无钱、无生活保障的爷爷一起生活,受尽苦难。最困难时,是家乡人帮助了我和爷爷。所以说是洛水人民哺育我长大,这话没有一点虚假的成分。我这人自小顽皮淘气又无父母管教，因此做过不少坏事，也难免得罪过人。曾被地方上的一批流氓追杀，差一点送了命，是得一位洛水的善良大姐相救，才让我逃过一劫，这才有了今天的我。正是洛水人的正直、善良与真诚培育了我，让我在上海打工时，做出了拾金不昧的善举。因此让我结识了一位福星，一家大型外贸企业的董事长，他十分欣赏我这个一穷二白但心地善良、品行端正的洛水小子。是他，引领我走上了进出口贸易的康庄大道，让我成了一名小有成就的企业经营者……"

台下听众一起发出了"哦"的感叹声，这让叶建国很受用。于是他振奋精神接着说：

"所以我的公司就由我自己作主命名为'洛水进出口贸易公司'，以不忘家乡，不忘初心。现在，我将我的宝贝女儿，也送到了洛水来读中学。我非常赞赏王锦君校长的教育理念和她非同一般的创新办学举措。这次，当我听说有这样一个校民共建的联欢晚会之后，我立即从上海赶来祝贺。同时，我还想借今天这个热闹的场合，宣布我的一个决定，以作为我对家乡人民养育之恩的一份回报。"

叶建国接着说：

"今天上午我从上海到达洛水之后，在刘庄自然村刘宗仁支书和我女儿叶小青、外甥刘大柱的陪同下，专程到刘庄拜访了我们共和国的第一代省劳模——当年刘庄铁姑娘突击队的队长赵阿菊婆婆。赵婆婆年轻时过度劳累，且缺乏治疗与保健，患上了风湿性关节炎，丧失了劳动能力。但她带领铁姑娘突击队挑土打夯修建成的龙潭大水库，至今仍大坝牢固、蓄水满满，保障着山下几个自然村村民的饮水和农田浇灌。她为一方乡民做出了巨大的贡献,自己的生活却很困难,居住条件很差。我实地看了以后,不禁难过得落泪。因此我向刘书记表态,愿意出一笔钱,通过村里的慈善组织,赞助刘庄村为赵婆婆拆掉草房子,新盖一座砖瓦房,供赵婆婆今后安居养老,同时每年资助三千元的生活补贴费给赵婆婆,完成我与我女儿叶小青及其母亲李珍的一份心愿。

"我在这里郑重承诺,这座砖瓦房造好后,产权永远归刘庄村所有。当然,只要赵婆婆健在,村里任何人都不得以集体的名义占有这房子另做他用。我希望在这座平房的东墙开一个大窗,并装上钢化玻璃。冬天天冷,早晨从东山上露脸的大太阳能首先照进赵婆婆的屋里,让她一早就能享受到阳光的明亮与温暖。这平房的建造我只管出钱,设计、采购与建造等事务完全授权刘庄自然村的村委会,请你们去寻找泥瓦匠和木匠等,务必是能工巧匠和诚实可信的当地群众,以保证建房质量,让新屋能抗十二级台风和特大暴雨。建造过程中,如遇资金问题,经审计核算通过之后,我会如数补足。以上就是我对家乡洛水的一点点心意,我说到做到,决不食言!"

小礼堂内,长时间地响起雷鸣般的掌声。

阿菊婆婆拄着拐杖颤颤巍巍地从座位上起立,旁边坐着的两位同学赶紧也站起来搀扶她。

主持人刘兆梅老师见状,拿着无线话筒,一路小跑到阿菊婆婆面前问:

"赵婆婆,你怎么啦?是有话要说吗?"

阿菊婆婆对着话筒,激动地只说了一句话:

"谢谢!谢谢……"

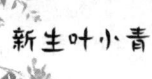

说完，她便哽咽着坐了下去。

会场重新恢复平静，文娱节目一个接一个地轮番上演。礼堂内的观众始终保持着最大热情，看到精彩处就热烈鼓掌。这样热烈的气氛一直保持到最后一个节目表演完，主持人才在台上宣布：

"校民共建新洛水大联欢到此结束。下面我们还将对今晚参演的所有文娱节目进行投票评奖，希望各位积极参与。不记名投票统计结果出来后，我们将在《洛镇晨报》上公布所有获奖节目及表演者名单，并由洛水镇党委、镇政府和洛镇中学联名给予奖励。好，晚会到此结束。祝大家晚安。再见！"

第十一章 美丽的教育故事在继续

有教育家曾经说过:"一所优秀学校的标志,是有许许多多美丽动人的教育故事。"

"校民共建新洛水大联欢"结束之后,围绕着洛镇中学展开的美丽动人的教育故事还在继续。首先,大联欢的成功举办,以及当初为了烘托气氛在学校周边布置的彩灯,为洛水镇带来了一个任谁都想不到的副产品,那就是"洛河灯节"。此后,这个洛河灯节经过众多媒体的不断爆炒,其影响不仅远播至国内的大运河周边城镇,并且还走出国门,辐射至东南亚各国。

现在,那座沉寂了千百年的大运河洛河码头,已经变得如上海十六铺码头那样船来船往,热闹非凡。与之同步出现的是一座豪华的洛河宾馆,雄起在洛河码头的一侧,它那一身玻璃幕墙的时尚建筑与洛镇中学教学区的楼群对望着。游客登上码头的第一眼,就能看到这两组气势不凡的现代化建筑群。人未上路,脑子里就先有了洛水镇非常繁华的第一印象,于是去逛洛河路市场的脚步便越发飞快。洛河路两侧专营南北土特产的商铺,就更显得人头攒动、生意兴隆了。

受吴国九之邀专程来到洛水镇的某大报社名记者,也是

第十一章 美丽的教育故事在继续

国内一位著名散文家,在深入采风之后,写成了一篇题为《"洛河灯节"从何而来》的风情散文,该文在她供职的报社以通栏标题配上吴国九精心拍摄的一组洛河风光照片被发表在报纸上。这一版图文并茂的美文大作,随后便被国内多家报刊转载,还吸引了周边地市好几家电视台跟风来到洛水镇采访,几个电视台还合作拍摄制作了一部大运河系列专题片,这也成了吴国九年末荣获"洛水地区有突出贡献新闻工作者"称号的一个重量级的工作成果。下面是这篇散文的节选:

这着实令张达庆书记乐开了怀。没想到,一个名叫叶小青的洛镇中学初中女生从小小的善意出发,做了一件好事之后,能带动镇上的干部群众向着更远大的美好目标开拓前行。

由此他想道:在一地当官和做事,就如谈婚论嫁,要想取得大的成功,用情和用心并懂得顺势而为是最简单的要诀,或者说是最可贵的真情坚守。只是这两者都得出于爱,那种对人民发自内心的爱。

这应该是一个地方干部从中学生叶小青身上,体会到的最真切的感受吧!

现在,洛水大地上传开的最新最温暖的一条消息是:在洛镇中学王锦君校长与刘庄敬老院李梅院长的撮合下,通过洛水镇刘庄村的大力支持和努力,老劳模赵阿菊婆婆的旧草房拆掉,新瓦房落成,同时她和民间音乐家阿炳还喜结连理,双双入住新房。

收到王锦君校长送达的大红请帖后,张达庆书记一身新衣在仪式当天赶到刘庄村的村口。只见从新瓦房门口涌出一批人来,打头的正是洛中校长王锦君,她后面跟着的是叶小青和一群男女学生。他们一见张达庆到来,高兴万分地大喊起来:

"到了!张书记到了!张书记到了!我们的仪式终于可以开始了!"

张达庆进屋一看,屋内张灯结彩,站满了客人。洛水名人、老劳模阿菊婆婆着新衣端坐在中间,阿炳则一身正装陪坐在其身旁。王校长拉着张书记刚一进新屋,主持人吴国九便起立宣布双新仪式正式开始!

仪式举办完后,王校长跟张书记说:

"这件喜事,可真是说起来话长,而且多少还与你这位大领导有点关联。"张书记看着王校长,表示十分不解。王校长赶紧补充说:

"是这样的,张书记你还记得你担任总指挥带领我们联办的那一场'校民共建新洛水大联欢'活动吧……"王校长慢慢地,一五一十地向书记汇报了事情经过。

正是在那一晚的联欢会上,赵阿菊婆婆作为重要嘉宾,被安排坐在了小礼堂正中间的位置上,一左一右则是两名专门照顾她安全的学生,即刘大柱和叶小青。还记得联欢会上有个节目吗?叶小青和阿炳登台合作唱奏民歌《茉莉花》。演出取得极大的成功,全场的掌声十分热烈。在掌声中,小青轻松地走下台来。她刚走到位子上坐定,阿菊婆婆便侧转身子来跟她说:

"青青啊,你唱得真好听!你一定想不到吧,婆婆我年轻时也是很喜欢唱歌的呢!"

"真的吗?那您年轻时都唱些什么歌呀?"小青很高兴地问。

"我那时与铁姑娘突击队的队员们经常唱的,都是一些老歌啰!"阿菊婆婆似乎回忆起那时的生活,脸上露出微笑。

晚会结束后,小青拉着阿菊婆婆说:"婆婆,你给我讲讲你年轻时候唱歌的故事吧。"

"好啊。我先讲一个笑话给你听。

"我们那时候听着广播,学唱的一支歌是'咱们工人有力量,日日夜夜供着毛!'。

"我们不懂普通话,所以唱了好几天的'日日夜夜供着毛',却还是想不出这'供着毛'唱的究竟是啥意思。我们猜想,这大约是在唱城市里的工人老大哥们特别热爱伟大领袖毛主席,所以准备了很多好吃的东西,日日夜夜摆在毛主席的像前,再点上香烛供起来,这不就是'供着毛'了吗?哈哈!谁料,后来我们村里来了个普通话说得特别清爽的中学音乐老师,她教我们唱歌。教歌前她总是自己先唱一遍,再让我们跟着唱。还记得她教我们唱的第一支歌就是《咱们工人有力量》,直到这时候,我们才听出来那支歌里实际唱的是'咱们工人有力量,日日夜夜工作忙'。啊呀呀,这一下可真把我们都乐死了!原来人家歌里明明唱的是'工作忙',我们却唱成了'供着毛'!"

小青听了阿菊婆婆讲的故事,不禁乐得哈哈大笑。

这一笑,倒让小青发现了阿菊婆婆其实一点都不老,不仅身心不老,而且还充满了活力。更可贵的是,她身上所具有的那几分幽默，显得特别有生活情趣。

猛然间，一个念头出现在她的脑海。这么有意思的一个老人，一直让她孤身一人带病住在阴冷的草房子里，该有多寂寞多痛苦啊！阿炳爷爷会拉琴，可以让他拉胡琴给阿菊婆婆伴奏，两人一起唱歌，一定能让婆婆的日子过得开心热闹一些！

小青越想越觉得这个主意好，办成了的话，肯定要比直接送阿菊婆婆一支人参补身体有价值得多。这事自己必须积极去做，而且一定要做得成功。虽然这份"成功"里还可能包含着别的什么内容，她当时并没有仔细想过，只是隐隐约约地感觉到，作为爷爷奶奶辈的这两位老人，前半生吃过那么多的苦，为什么不能让他们的晚年生活幸福快乐一点呢？如果能让他俩能天天快乐地拉着胡琴唱着歌，这世界不就显得更和谐更美好啦！

一旦有了想法，心里便藏不住。于是小青不管三七二十一，直接跟婆婆说了她的打算。阿菊婆婆听后，先是扑哧一笑，过一会儿才轻轻回答小青说：

"好倒是好。只是我现在老了，喉咙像吃了糠似的糙，说话都说不太清楚了，不知还能不能唱出歌来哩！"

小青说："婆婆，这你不用担心的。你可以多喝点润喉水多练练嗓，又不是一下子就让你上台去表演，只是让你在家试着唱几句小调娱乐一下嘛！没有关系的！"

"好吧，试试就试试！"婆婆听着觉得有道理，一下子就来了兴致。

小青说："要不我俩现在就先试试看？"

说罢，小青就先低头唱了《东方红》的头一句："东方红，太阳升。"接着她就按拍子发出指挥口令:"一,二,唱!"

阿菊婆婆一下子接上音调和节奏,紧跟着唱了下去:

"中国出了个毛泽东。他为人民谋幸福,呼儿嗨哟,他是人民大救星!"唱完瞪着双眼看小青。

"对呀,就这么唱。婆婆,你唱得很好呀!如果再配上胡琴,就更好听了!"小青鼓励她。

"你这小姑娘……不是存心出我老太婆洋相吧?"

婆婆还是有点心虚地看着小青,低声问了句。小青马上声明:

"婆婆,我哪敢出你洋相啊!那我们现在就说定了,明天是星期六,你下午就在家等着。我和大柱会将阿炳爷爷领来陪你拉琴唱歌的,好不好?"

"好的呀!那就这么说定了。"阿菊婆婆神色庄重地回答。

就这样,叶小青又赶紧去跟刘大柱说了此事。大柱首先觉得这事特好玩,再说又是小青姐的主意,他当然表示无条件赞同啦!

于是第二天上午,姐弟两人又一起来到了敬老院,他俩的到来自然受到了老人们的热烈欢迎。

阿炳爷爷一听是小青的声音,还以为小青又来找他合作唱歌了,于是赶紧关了收音机,叫工作人员去房里把他的胡琴拿过来。老人们一见这情景就都自动围着圆桌坐好了,等着看阿炳和小青表演节目。叶小青知道他们误会了,于是就悄悄跟大柱说:"你先将阿炳爷爷领到院长办公室去等我,一会儿再跟他说我们去阿菊婆婆家唱歌的事。"

大柱心领神会,马上扶起了阿炳爷爷,让他伸手扶住自己的肩膀。然后带着他一前一后地走进了院长室，坐着等小青过来。

小青给围坐在一起的老人们讲了一个笑话，跟老人们热闹一番后，急忙跑进院长室。

阿炳爷爷坐在院长室里，听完叶小青的提议之后，当即大声表态：

"好哉！我明白哉！你们什么时候来接我，我就什么时候出发，好不好？"

叶小青没想到这件事会如此顺利，于是很高兴地说：

"要不这样，索性我们现在就去村口的阿菊婆婆家！"

阿炳爷爷说：

"好是好，但我们都还没吃中饭，现在这样去的话可不太好。可能你们不知道，阿菊婆婆平时一个人在家，她的生活是最简单的。她腿脚不方便，平时也不怎么做饭，没东西可拿出来招待我们吃中饭的。现在我们这样突然冲进她家去，这不是为难死她啦？所以我们还是等敬老院食堂开了中饭，吃了饭之后再出发比较好。"

叶小青想想也是，就与刘大柱一起引着阿炳爷爷走出办公室，在外面闲聊，等敬老院打锣开中饭。老人们一个个盯着他们，都觉得奇怪：这三个人在院长办公室进进出出的，也没听到他们唱歌，他们又在商量什么大事呢？

小青想，既然要等开饭，不如就给围坐着的老人们表演一个节目吧。于是她在办公室门口与阿炳爷爷合作演唱了一首老歌，引得院子里笑声掌声不断，十分热闹。

大约半个小时后，从食堂门口传来了"咣咣咣"三声锣响，

第十一章 美丽的教育故事在继续

有人站在食堂门口朝院子里喊了声"开饭了!"老人们便纷纷起身朝食堂走去。

叶小青和刘大柱也跟在老人队伍后面,进了食堂。食堂很大,里面有一张张大圆桌。小青一眼看到大圆桌上已经放上了一大盆白米饭,饭盆旁边则像星星围着月亮似的放好了一只只搪瓷小饭碗。菜也是用大盆装着的,一大盆猪肉白菜炖豆腐,正冒着热气。老人们找到各自的位置坐下。他俩也找了个空桌子坐下来等开饭,然后便等来了李梅院长。

李梅院长热情地将他俩带到了大食堂后面的一个小餐厅里就座。小餐厅十分整洁,且灯光明亮,一张红色的木头八仙桌放在正中。哦,这一定是敬老院专门用来接待客人用餐的地方了。大柱和小青对视一眼。李梅院长笑着招呼两个小客人落座后,就向站在门口的一个员工招了招手,说:

"小曼,你去告诉厨房的张师傅一声,就说小餐厅可以上菜了。"

那小曼"噢"的答应一声,双脚一蹦飞速朝厨房跑了过去。不一会儿,头戴白帽子的张师傅就双手端着一只装满饭菜的大托盘来到了小餐厅,只见他将托盘在餐桌上稳稳一放,面朝李梅院长说:

"院长,菜齐了。"

大柱早已饿了,毕竟是个无肉不欢的小男生,平时就爱吃个好菜好饭。这时候他也不怕难为情地睁大了双眼往桌上瞧,一眼就看到了托盘上特意为他们烧的鱼和红烧肉。

看见红烧肉就激动的刘大柱,急吼吼地想伸手去拿筷子夹红烧肉吃,小青一把扯住他,同时向李梅院长努了一下嘴。

大柱明白小青姐的意思是院长还没说开吃呢,就只能咕咚一下咽了一口口水。只见李梅院长又领来了阿炳爷爷,待几人都坐定后,她说:

"我们几个一起吃,吃完一起动身过去好了。"

小青赶紧起立,为李梅院长和阿炳爷爷打饭、布菜。

吃饭时,李梅院长又对小青和大柱两人说:

"等会儿吃完饭,我也想跟着你们一起去阿菊婆婆家,凑凑热闹,你们看好不好呀?"

叶小青和大柱高兴地说:

"那当然好啦!"

刘大柱一口气吃下去三碗白米饭,吃完还直喊:

"好吃,好吃!这敬老院食堂的大锅米饭又软又香,特别好吃!阿炳爷爷,我再帮你盛一碗饭,你慢慢吃。"

乐得李梅院长哈哈大笑,说:

"这敬老院的饭菜,从来就没被人这么夸过。你们喜欢的话,下次再来吃,到时我让张师傅再为你们烧两盘好菜!"

说得叶小青都有点不好意思了。小青知道村办敬老院的经费有限,他们这一顿有鱼有肉的午饭,可能会吃掉三位老人一天的菜金。所以小青就又想着,下次一定要再省下一点零花钱捐给敬老院,专门给老人们改善伙食,也当付他们今天的这一顿午餐费了。其实她不知道,自从上次的联欢会见报后,社会各界给敬老院捐助了很多款项,请他们再吃几顿好的,也不在话下。

还没等小青厘清头绪,站在门外的大柱就火急火燎地催小青快走。于是,阿炳爷爷手搭在李梅院长的肩上,几个人一

第十一章 美丽的教育故事在继续

个跟一个地走出了小餐厅,经过大食堂门口,右转弯朝敬老院大门外走去。还是阿炳爷爷记性好,他说:"哎哟,我的琴!不带琴,我去做啥呢?"李梅院长马上站住了,吩咐大柱去小餐厅取二胡,大柱应声而去,一会儿就拿着二胡来到了敬老院门口。

敬老院为防洪水,特意选建在一个高墩上。所以出门就是个大斜坡,沿着大斜坡走到底才是刘庄村通往村外的一条机耕路。这路上有手扶拖拉机、电动车和自行车来来去去,不太安全。但也只有沿这条路朝东一直走过去,才能到达村口阿菊婆婆住的地方。

离阿菊婆婆家还有十几米,小青就望见了白头发的阿菊婆婆,她正心急地站在房门口朝这边张望着。小青心里一急,跟李梅院长打了个招呼,自己先迈开双腿朝婆婆家跑了过去。婆婆一见小青来了,欢喜得不得了,连声说着"囡啊、囡啊,你可别累着了",又指指门外的一把椅子让小青坐下休息。但小青想的是,一会儿后面的大队人马到达,他们坐哪儿休息呢?阿炳爷爷拉胡琴必须得坐稳了,婆婆要跟着琴声唱歌,最好坐在胡琴的前面才听得准。李梅院长也是长辈,这把椅子是一定得让她坐才好的。这么一算,小青就很为难了:她知道婆婆屋里是再搬不出一把椅子来了。这可怎么办呐?这时,小青想起正月初一在阿菊婆婆家,看见过她家里还有一条搁床板的长条木凳子是空着的。等大柱到后,他俩一起进去把它扛出来放平,就能坐好几个人了。

这么想定后,她就不再担心了,只管坐着等待他们的到

叶小青和刘大柱在阿菊婆婆家看表演。阿菊婆婆为他们唱歌,阿炳爷爷拉二胡伴奏。

来。刘大柱也是跑着过来的。小青一见大柱站定了,就直接拉他进屋去扛木凳子。凳子刚放平稳,李院长和阿炳爷爷就到了。小青将椅子让给阿炳爷爷坐,阿炳爷爷坐定后马上拉开架势,哆嗦哆嗦地调起弦来,听听合适了就抬头问前面坐着的阿菊婆婆:"阿菊姐,你看先唱支什么歌呢?"

"哦,先唱那支小朋友的歌吧,就是'找呀,找呀,找朋友'"

"好的,我先起个头,你再跟着唱。"二胡先是沙拉、沙拉、沙拉地响着,一会儿只听沙的一个停顿,婆婆便开口接上了唱词:

"找呀,找呀,找朋友!找到一个好朋友。敬个礼呀,握握手,你是我的好朋友……"

婆婆唱的时候,阿炳爷爷手中的二胡始终没停。没有小青指挥,两人也配合得很好。就这样,琴声伴着歌声,一直在孤寂的房子前回荡。一曲唱罢,李梅院长拍手叫好。小青走到阿菊婆婆身后双手抚着阿菊婆婆的双肩,轻声说道:

"我说行就一定行。这回您放心了吧!"

阿菊婆婆转头朝小青笑笑,脸红红的。只听李梅院长站起来又一拍手掌,说:

"这个活动很好。今天是第一次,以后每星期六我都负责供应中饭,然后大家再来这里拉琴唱歌。配合得好了,以后可以请他俩到敬老院去表演一场。顺便教院里的老人唱歌,丰富老人们的文娱生活。"

周一上学后,小青把这个事情跟小刘老师汇报了一遍,描述了一幅夕阳下二老相携拉琴唱歌的黄昏诗意图,引起了小刘老师的极大兴趣。

于是,她把叶小青带到了校长办公室。

"小青啊,你不是有话想跟王校长说吗?"小刘老师示意小青。

叶小青调整了一下坐姿,正面朝着王校长,认真说起来:

"王校长,是这么回事。联欢会之后,应阿菊婆婆的要求,我和大柱在李梅院长的引领下,带敬老院的阿炳爷爷去了阿菊婆婆家。阿炳爷爷拉二胡,阿菊婆婆唱歌,他俩唱得可开心了。所以我想,现在不是常讲要'优势互补,发挥最大效能'吗?那么我们能否联系一下实际,让这两位老人也来个'优势互补'呢?"

"哈哈哈!"

少女叶小青认真说出来的这一番话,引得王校长和小刘老师哈哈大笑起来。

王校长擦了擦笑出来的泪花,对小刘老师说:

"小刘,你听这小家伙的设想,是不是很有意思呀?"

"是有点意思。"小刘老师答道。

王校长接着说:

"有这种想法当然好,但也要两位老人相处后真正合得来才行。我们再观察一段时间吧,看看他们的意向。"

天气晴好的傍晚,村民总能看到两位老人坐在屋门口拉琴唱歌的和谐画面。如果是周末的话,画面中还会增加陪伴在两旁的小青和大柱。两人一坐下,阿炳爷爷总是先持琴"哆嗦哆嗦"地调好弦,然后由婆婆报出曲目,随后阿炳爷爷就会很熟练地用胡琴拉出前奏,让阿菊婆婆跟着引吭高歌。

有时阿菊婆婆也会报出难一点儿的曲子,让阿炳爷爷低头思索半天才能小心地试探着用二胡拉出前奏"咪嗦,咪嗦,咪嗦哆啦来……"阿菊婆婆紧跟着后面这个长音唱出:

"日落西山彩云飞……战士打靶,把营归把营归……"

哦,原来是《打靶归来》,这的确有点难度,怪不得阿炳爷爷要想半天才拉出前奏。

也有通不过唱不成的时候,比如阿菊婆婆要唱"跌——倒算什么?我——们骨头硬!爬起来,再前进——!"这是当年突击队的队歌。

阿炳爷爷说:"这是你们突击队的队歌,我没去过工地,怎么会拉呢?"阿菊婆婆知道这有点让阿炳爷爷伤心了,于是赶紧说:

"哦,对不起!那就让我再想一支你会拉的歌。好不好?"

"好的啰!"

阿菊婆婆低头想了一会儿,又唱起来:

"团结就是力量,团结就是力量。这力量是铁,这力量是钢。比铁还硬,比钢还强!"

刘老师一直把小青所描绘的那一幅黄昏诗意图,牢牢地记在她的脑海中,她在某一日会后对王校长提起这件事,王校长说她早已在叶小青上次提起这事时便联系过李梅院长,李院长曾私下联系、了解过两位老人的心意,同他们商量好了,等再过段时间,挑个吉日,陪两人去镇政府的民政科办理结婚登记手续。就这样,叶小青牵线的好事彻底办成功了。

第十二章 叶小青走上了红地毯

花季少女叶小青非常幸运，因为她跟着刘大柱来到乡下，转学进了一所非常有人文关怀的学校——洛镇中学。

说这所学校好，不仅仅是因其教学质量高，最重要的是，从洛镇中学毕业的学生还品学兼优，尤其是获得过洛镇中学"五优魅力卡"奖励的学生，更是真正达到了德智体美劳全面发展。

那么洛镇中学的"五优魅力卡"到底是什么呢？这张卡怎么会有这么大的影响力和权威性呢？这个活动又是怎么开展起来的呢？

这就不能不说到洛镇中学的校长王锦君了。王校长原本是一名资深的中学语文教师，不仅教学非常用心，而且想法也特别多，在教学岗位上表现得非常出色。当上了校长之后，她一如既往地开动脑筋，总想在中学教育工作中搞些创新。

富有爱心和责任心的她，最常思考的问题就是：面对世界的大变化大进步，我们教育的目标究竟是什么？难道只是为了争一个中考或高考的升学率？不，不应完全是这样的！比如语文教学，正如有些专家指出过的，语文教学是"无能"的，但又是有"力量"的，这个"力量"又与"无能"紧密相连。语文的作用就在于它"无能的力量",在于它的"无用之用"。教几首古诗填补不了生活中诗意的缺失,教几篇《论语》也治不了国,学《老子》更不可能解决当下存在的各种问题,但是它却能给我们的人生以思想上的启发。

人的一生很漫长,某个时段学什么样的东西,需要一个循序渐进的过程。而教育,其实就是一个循序渐进、因材施教的过程。要达到循序渐进,学校首先就必须循着孩子的心智成长过程科学地做好规划和部署。而因材施教,就必须尊重学生们的素质培养和个人兴趣,这一点尤其重要。

王锦君的这一番思考,正是她提出在学校内开展一个创新性的,鼓励学生在认真读书的同时积极参与社会实践活动,努力争夺"五优魅力卡"这一教育创新活动的思想基础。

她所提出的"五优"即"优学、优行、优健、优美、优品",正体现了深藏于她心中的终极目标:我们所培养的优秀毕业生,单靠考试成绩好(即优学)还不行;我们需要的是每一个学生在校学习期间,除了勤学苦读,还要行为端正,同时在健身、艺术和品行诸方面都能付出一以贯之的努力,做出优良的实绩和表现。

活动开展之初,他们首先推出的是一个以小组合作为载体的区域"课改",即每个班的学生以六人为一组建立中学生评价单位,在课堂学习、班级小组建设、班级文化建设、中学生评价中均以小组为单位。同时建立了一套"学生评价量表"的即时打分体系。按此体系,每天、每周结算表现分数,然后通过月度表彰,给个人和团体颁奖。刚开始试行时,学生们的热情很高,但随着时间的推移,这种即时评分的热情逐渐消退。

何况评分标准的确定和具体操作也确实难以保证精准合理。

那么,究竟怎样的评价体系才更符合学生的心理需求,能保持学生对活动开展的持久热情呢?已经破格晋升为学校初中部教务主任的小刘老师,拿出了她在读研期间完成的研究论文,并参照最受学生欢迎的一款晋级制网络游戏中的"打怪升级"模式,提出了一个学校创五优活动的"打怪升级"方案,即让学生通过得分积累,每三张奖状可到教务主任那儿换取一张"璞玉卡",两张"璞玉卡"可再换取一张"宝石卡",两张"宝石卡"又可换取一张"钻石卡",只要积累至两张"钻石卡"便可换取一张终极标志——"五优魅力卡",这意味着该生争得了学校本年度中一个学生所能获得的最高荣誉,达到了学校提出的"优学、优行、优健、优美、优品"的"五优"校园文化最高目标。

曾饱受家庭困扰的叶小青,与刘大柱一起转学到洛镇中学后,她将现在的精力完全投入到了这样不断努力、不断创优、不断得分、不断升级换卡的奋斗中去了。

对叶小青来说,她越来越懂得要尊重自己这美丽又年轻的生命,就必须通过自己的努力,尽早脱离抑郁的苦海。如今,她如此心心念念地投入于争得"五优魅力卡"的活动,自然也就逐渐把抑郁这个魔鬼抛到了脑后。

现在,她一天到晚都在兴致勃勃地努力完成着与刘大柱一起商量制订的学习计划任务和争创五优的计划任务,感到要保证这两项重要的任务能齐头并进地完成好,时间不够、能力不足。

尤其在她观摩过学校第三届"五优魅力卡"颁奖礼之后，心情就更加迫切了。眼见五星红旗伴随着国歌在操场上庄严地升起，眼见获奖同学牵着爸爸妈妈的手走上红地毯，她的双眼不知不觉地噙满了泪水，她在心里默默地念叨：

"亲爱的妈妈，你一定要好好养病。总有一天，女儿也会牵着你的手，一起走上红地毯，登上领奖台，从校长手中接过'五优魅力卡'的。"

虽说优学在这个活动中并不是最重要的得分项目，但小青明白，学生学生，总是以学为生的，如果能写出一篇联系洛镇中学课堂教学的文章，肯定也能得分。

叶小青想，开学第一堂思品课上林研究员作为主讲教师所留下的两道思考题，自己正有许多话想说。那何不遵林老师之嘱，写一篇课后感呢？这堂课带给她的冲击，一直在她的脑海中翻腾着，她是真的有话想说呢！

就此拿起笔来写吧！

下面所附的这篇习作就是叶小青同学所写的课后感，此文受到林老师和校领导的一致好评，并在当月的"五优魅力卡"考评中获加两分的奖励。

一堂生动而又深刻的思品课

初二（2）班　叶小青

我转学来到洛镇中学，新学期遇到的第一堂课是思品课。

这堂课，是由校长亲自出面请来的省社科院林国堂研究员主讲的。林老师果真身手不凡,开课第一讲"中国人的两张道德面孔"一下子将我的身心牢牢地抓住了。

他的课从一个个特别接地气的当代社会现实生活实例出发,紧扣"两张道德面孔"这一主题,讲得真是生动活泼、深入浅出,令听课的我们无不为之点头称是,为之倾倒。在课堂上,林老师还与我们进行互动,在他直抵心灵的启发下,同学们一个个地争相举手发言,袒露心声,课堂上不时发出会心的笑声和议论声。

这是一堂生动而又美好的政治课,也是我自上学读书以来听过的最有意义、最吸引人也最明白晓畅的一堂政治课。它不仅让我明白事理,而且还解开了我埋藏心底多年的一个心结。

那是发生在我上小学时的一件事。那时我还是个性格内向、平时有点胆小怕事的小女孩,因此常受一些调皮男生的欺负。和许多同学一样,在学校受了委屈,往往回家向父母哭诉,寻找报复之法。

父母听后,往往就会跟我讲:"人家打你,你就给我打回去!"然而父母的办法,对我来说实在无用,因为我太胆小也太无能了。因此我就只能采取"惹不起,总还躲得起"的办法。

学校里有一位老教师,他发现了我心情不好,平时不喜欢与同学相处且常常独来独往,同时他还发现我有在背地里搞点恶作剧以报复男生的行为,于是他亲笔写了"慎独"两字送给我。

时隔多年,这两字的深刻含义在听了林老师的讲课之后，我才真正理解。这太神奇，也太有教育意义了！我现在才明白，老师送我"慎独"两字是想告诉我：

做人行事，人们都有一种习惯：有人监督就会十分注重言行，老老实实、循规蹈矩；一旦失去监管，一人独处，就会萌生侥幸心理，放松自己，以为反正无人看见，背后做点坏事也没什么关系。

联系到当今社会，我想有些贪官污吏可能正是出于这样的想法，才让他们以为反正只有"你知我知，天知地知，此外再无第三个人知道"，那我收点礼金，为人办件违法违规的事，又有什么关系呢？世上的贪官污吏可能正是抱着这样的想法，一步步走上犯罪道路的吧！可见，"慎独"和避免"两张道德面孔"的教育是多么重要！

这是小学老师曾经给我的忠告。但这一忠告只有听过林国堂老师的这一节思品课后，我才有了更为深切的理解和认识。这可以说是我从这一堂思品课得到的一项意外收获吧！

转眼一个学期即将结束，叶小青同学在争"五优魅力卡"活动中的优秀表现，让班主任小刘老师非常欣慰。于是，她的得分和升级问题开始提上日程。

小刘老师跟王校长说："叶小青同学在这场教育创新实践活动中的表现非常突出，不光学习成绩提高了，还为敬老院和阿菊婆婆做了许多好事。她的事迹在全校师生中的影响很大，为她加分升级的呼声很高。我觉得学校应该再颁给她一张'宝石卡'。"

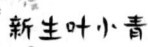

王校长毫不犹豫地说:"对,这事儿应该考虑起来。"

如果这张"宝石卡"到手的话,叶小青就已累计获得四张"宝石卡"了。按照活动规则,她可以升级换取两张"钻石卡"。如此一来,叶小青就已达到了创五优活动所规定的顶级标准,可以在国歌声中踏上红地毯,登上领奖台,从校长手中接过"五优魅力卡"了。

这是要写进洛镇中学校史的。如此大事,操作起来也特别慎重,每一环节都得中规中矩,不能删繁就简直奔主题。

于是王校长召集校务委员,召开了一次校务委员会会议,专门研究讨论了此项工作。会上通过了《洛镇中学校务委员会关于本年度洛镇中学开展创五优活动的情况总结和表彰奖励决定》。

这个由全体委员签名确认的决定文本及其后的授奖大会现场实况照片等资料,将一起放入校史档案永久保存。

这一场即将到来的颁奖礼,对叶小青来说意义非凡,这意味着她的新生;对学校来说,则意味着洛镇中学在创新道路上又迈出了一大步。

会议结束后,王校长专门找来了叶小青,认真严肃地跟她进行了一次谈话:

"小青啊,校务委员会刚刚结束。我很高兴地通知你,你已经被学校正式确定为本学期'五优魅力卡'的获得者。接下去学校将为此举办一场隆重的颁奖礼,这场颁奖礼除表彰得奖学生外,还要感谢学生家长的积极配合。这对我们学校全体师生继续开展创优活动是一个很大的推动,所以特别重要。活动必须办得十全十美,不留一点遗憾。"

第十二章 叶小青走上了红地毯

王校长说完意义之后,紧接着就问道:

"那么小青,如果学校邀请你的家长来与你一起领奖的话,你准备请谁?"

叶小青似乎早有准备,她未做任何思索便脱口而出:

"只请我妈妈一个人来!"

为什么叶小青只让妈妈来陪她领奖呢?

在她心中,是妈妈辛苦地孕育了她,然后又忍着作为一个女人一生所受的最大的苦痛生下了她,再用最宝贵的乳汁一口口地将她喂养大。母羊跪乳的故事,叶小青不知听了多少遍,每听一遍,她都会感动得泪如雨下。这一切能让任何子女满怀深情地写出一篇真挚的作文来。对经受过苦难最终获得新生并幸运地获得"五优魅力卡"大奖的叶小青来说,几句感恩的话语,还远不足以表达她心中澎湃着的对母亲的爱与激情。

在为"五优卡"努力、不断"打怪升级"的日子里,她一直承受着强烈的情感折磨 —— 她太想念她的妈妈了,始终强忍着想请假去上海探望妈妈的冲动,让亲爱的妈妈孤身一人住在医院里。

现在,她终于实现用最好的成绩来回报妈妈的心愿,所以当王校长问她准备请谁来与自己一起踏上红地毯领奖时,她的态度才会那么明确与决绝。

只是叶小青的话音未落,坐在她对面的王校长就伸出右手食指向叶小青的脑门上点了一点说:

"那可不行!下星期的颁奖礼,我要求你必须将你爸爸叶建国也一同请来,让他同你妈妈一起陪你领奖。你从我手上接过'五优魅力卡'之后，小刘老师还将代表我们学校教务处向你爸爸赠送一个水晶纪念杯，感谢你爸爸的企业对我们'校民共建'事业的大力支持。不请你爸爸来，大会上就没了这一项程序，我们学校也不好向社会交代。"

说着，王校长的脸就严肃了起来，她严正地对叶小青说：

"小青，你想想，在那天的联欢晚会上，是你爸爸代表嘉宾致的贺词，并当众宣布的那项远程慈善行动计划。会场热烈的气氛，想必你还记得。多感人呐！不仅我们全校师生都知道，连镇上的群众听了也都热烈鼓过掌。尤其老劳模阿菊婆婆，当时都激动得扶着拐杖艰难地站了起来，对着主持人举着的话筒，连说了好几句'谢谢'，这声音至今还在我的耳边回响！我们学校能一转身就翻脸不认人吗？这会对我们洛镇中学在广大群众中的形象，造成多么大的损害啊！所以我认为你应该请你爸爸妈妈一起来学校，你们三个人手牵手一起走上红地毯领奖。"

王校长的一席话，说得叶小青脸色煞白、双手发颤，但她镇定了一会儿之后，还是坚持说：

"王校长，对不起！我还是无法接受我爸爸和妈妈一起来陪我领奖。我不想在公众场合让我妈妈和我爸爸站在一起！"

话说得如此决绝，这让刘兆梅老师不能不站起来说话了。她紧跟着王校长的调子，做起叶小青的思想工作来：

"叶小青同学，一个学期相处下来，我十分理解你对你妈妈的感情，也知道你爸爸的行为对你和你妈妈造成了严重的伤害。但毕竟这只是你爸爸的一个侧面，你爸爸对你妈妈的感情并不影响他对你的爱呀。你还记得吗？你最尊重的林研究员在思品课上所讲的理论，就是要接受'人的两张道德面孔'。

第十二章 叶小青走上了红地毯

他是这样跟你们讲的吧?看待任何事物要有高度,看待任何人都要有包容心。你爸爸虽然有缺点,但是他非常爱你,为了你的成长,花了很多心思,这点你承认吧?你是我们洛镇中学教育出来的'五优魅力生',更应该向这样的高度和这样的方向多做努力才行啊!"

王校长紧接着小刘老师的话头,又补充道:

"是呀,叶小青同学,你也听到刚才刘老师讲的话了。你心里的难过,我非常理解,但你也不能太任性了。从培育一个合格人才的角度来说,光有原则,没有包容和兼容的精神是不行的。我们希望培育的人才,应该有豁达大度的胸怀,有放眼天下的大局意识。所以我希望你能好好考虑一下,将你爸妈两人一起请来,你们仨手牵手地踏上红地毯。只有这样,才意味着你真的长大、重获新生,也意味着我们学校开展的教育创新活动取得了圆满成功!"

叶小青听着两位老师的教导,脸色渐渐和缓了下来,最终向王校长和小刘老师做了表态:

"好的。我明白了,请你们放心,我一定会按学校的意见办的!如果有必要,我可以带着大柱弟弟,专程去上海将爸爸妈妈一起接到洛镇中学。这样校长和老师可以放心了吧?"

这天晚上,刘大柱见叶小青脸色发白、双眼红肿,饭也没吃,心头好奇,这是怎么回事呢?昨天不还为获"五优魅力卡"而兴高采烈吗?怎么今天就满脸愁云了呢?还没等大柱找叶小青问话,她就拉他到大门外去说话了——那是在老屋后的一棵枫树下,他俩在树荫下各找了一块石板坐了下来。大柱还没开口,小青便稀里哗啦哭了起来,边哭边说:

"大柱啊,你还不知道吧?学校一定要请我爸爸和妈妈一起来学校陪我登台领奖,这让我心里太难受了。他与金曼丽的事情,伤害了我妈妈和我,如今学校却要让他装模作样地陪我登台去领奖,还要拍照片登报纸。这算什么事儿啊!

"这个电话我实在没法打……"

还没等叶小青说完,大柱就接过话头说:

"唉,姐!你爸虽然有不对的地方,但毕竟是你亲爸爸呀!不提姨妈的事,在别的方方面面,你打心底里说,他对你真的不好吗?我看学校这样做也是有道理的。这电话你要是不好意思打,那我来。我叫姨爹来洛水看望我妈。这总可以吧?"

"他就是个坏蛋嘛!你陪我在上海的家里也住过一段时间,你可是亲眼看到金曼丽怎么对我,怎么对你的;你可是亲眼看到过我妈妈一个人那么可怜地住在病房里的,没人管。呜呜呜……在我的心里,在我心里……我不管,叫我给他打这个电话,我办不到!我不能忍受他牵着我和我妈妈的手,若无其事地走过红地毯,登上主席台,接受校长的颁奖!大柱,你说我怎么办呢?反正这个电话,我是不会打的,要打你打!"

刘大柱倒痛快。他当即表态说:

"好,我打。那我现在就去给姨爹打电话吧?"

"去吧,去吧。"

叶小青无力地摆了摆手,刘大柱便一跃而起,提了提裤子,跑进大门打电话去了。路上他还先跟妈妈打了招呼,说姨爹和姨妈过两天就要来洛水镇开会,让妈妈做好准备。

星期一早晨,阳光明媚,清晨的风柔和凉爽。照洛镇中学

第十二章 叶小青走上了红地毯

的惯例,每逢周一上午,学校都要在中学教学区的大操场上举行一场严肃的晨会,以提醒大家新的一周开始了。人人都要将心思从刚刚过去的周末的悠闲与放松中收回来,投入到新一周的教学中去。同时,学校从校长办公室到教务处等各个部门的负责人也会上台,借晨会发布一些重要事项的决定或通知。因此,洛镇中学每周一的晨会都显得极为严肃。

入场采取的是分班、分批排成方阵的形式,这就保证了主席台前的与会人群行列对齐、十分规整。

全体入场完毕后,晨会司仪高喊"升国旗、唱国歌,全体立正!"的口令,全场师生纷纷挺胸抬头,仰望着国旗在旗杆上冉冉升起。

国旗升到旗杆顶端,司仪又一声高喊:

"唱国歌!"

庄严的《义勇军进行曲》的前奏响过后,全场师生一起唱响了国歌:

"起来!不愿做奴隶的人们!把我们的血肉,筑成我们新的长城!中华民族到了最危险的时候……"

在音乐声和全场师生的热烈鼓掌声中,叶小青终于牵着她爸爸和她妈妈的手,在小刘老师的引领下踏上了红地毯,然后沿着由一条长长的窄幅红地毯铺就的通道,登上领奖台,站到了众人面前。叶小青的左侧是她妈妈,右侧的那个西装男,无疑就是她爸爸叶建国。叶建国虽是来自大城市的企业家,但之前显然没有经历过这种大场面,所以在穿过大操场上的队列方阵时,还是表现得有点慌乱和手足无措。登上主席台时,他像终于完成一项重大任务似的,长长地呼出了一口气。

洛镇中学晨会,在国歌声中,重获新生的叶小青牵着妈妈的手,走过红地毯,登上主席台,叶建国从王校长手中接过慈善纪念杯,叶小青得到"五优魅力卡"。

第十二章 叶小青走上了红地毯

叶小青和妈妈从王校长的手里，接过了一本大红的"五优魅力卡"证书。手捧大红证书的叶小青早已激动得泪流满面、全身颤抖，幸亏有站在一旁妈妈的扶着，她才没有因激动而朝一侧晃动。紧接着，叶建国从小刘老师手中接过了一座晶亮的水晶奖杯，并高高地举起水晶杯，面向台下的师生摇了摇，然后弯腰深深地躬身致礼，表示对洛镇中学的感谢。

这一天，洛镇中学晨会仪式在欢快的《歌声与微笑》的音乐声中圆满结束。同学们四散着朝各自的教学楼跑去。跟着响起的是响亮的上课铃声。

洛镇中学新一天的生活又开始了。

叶小青捧着证书回到自己班，找到自己的座位，举起手中的证书，向正翘首等待着的刘大柱脑袋上轻轻一拍。大柱故作恼怒地仰脸朝着叶小青，轻声说了句：

"姐，这就算是你对我的奖励了？"

叶小青坐到刘大柱身旁说：

"不，我还没打开证书哩！要不我俩一起打开看看？"

"好的呀！"

话没说完，快手快脚的刘大柱已经从叶小青手中夺过了证书，打开一看，只见证书内页上贴着一张叶小青一脸稚气的正面照，照片下面则印着这样的一段话：

"祝贺叶小青同学荣获'五优魅力卡'。你有理想、有目标，并能攻坚克难、执着奋进；你踏实努力、富有激情、敏于观察、善于思考、大胆建言、专注果敢、做事高效、主动合作、尊老敬老。愿你继续践行校训，带着'五优魅力卡'收获幸福美好的人生。"

刘大柱轻轻念过一遍,说声"好,写得真好!",接着拍了一下叶小青的手背,说:

　　"姐,祝贺你!终于取得了成功!"

　　叶小青笑着回答刘大柱说:

　　"这里面也有你的一份功劳,姐不会忘记你的。"

　　刘大柱嘻嘻一笑说:

　　"姐,你说什么呢?我可不是在向你邀功啊!"

　　叶小青浅浅一笑,不再说话。

　　说话间,教数学的李敏捷老师登上讲坛,数学课开始了。教室里一片唰唰的翻书声。叶小青打开课本和笔记本,抬头看向黑板,准备听课、记笔记。

附录

李建树出版目录

1988年2月,《走向审判庭》(儿童文学短篇小说集),中国少年儿童出版社

1990年10月,《旺堆的世界》(儿童文学长篇小说),中国少年儿童出版社

1992年5月,《外面的世界》(儿童文学长篇小说),新蕾出版社

1993年3月,《快乐大院的故事》(中国幽默儿童文学创作丛书长篇小说),浙江少年儿童出版社

1995年8月,《李建树儿童文学作品选》(儿童文学中短篇小说集),浙江少年儿童出版社

1995年12月,《金十字架》(儿童文学长篇小说),少年儿童出版社

1998年3月,《共建港城》(长篇报告文学),宁波出版社

1998年11月,《校园明星孙天达》(中国幽默儿童文学创作丛书长篇小说),浙江少年儿童出版社

1999年10月,《应昌期传》(长篇人物传记),台湾理艺出版社

2000年9月,《螳螂捕蝉,黄雀在后》(快乐小子儿童文学

长篇小说),中国少年儿童出版社

2000年9月,《石沉大海》(校园推理儿童文学长篇小说),浙江少年儿童出版社

2000年10月,《宁波与日本航海交往史话》(长篇人文类图书),中国国际广播出版社

2002年1月,《中国历史文化名城·宁波》(长篇人文类图书),旅游教育出版社

2003年10月,《谈家桢传》(长篇人物传记),宁波出版社

2003年10月,《越说越近》(散文集),宁波出版社

2005年12月,《高一新生》(儿童文学中短篇小说集),作家出版社

2006年1月,《曹雪芹》(少儿版世界名人传记),浙江少年儿童出版社

2007年1月,《蓝军越过防线》(儿童文学短篇小说集),湖北少年儿童出版社

2008年3月,《哥俩好》(儿童文学长篇散文),浙江教育出版社

2008年12月,《真情少年》(儿童文学长篇小说),宁波出版社

2009年5月,《达·芬奇》(少儿版世界名人传记),浙江少年儿童出版社

2013年1月,《我与月湖》(散文集),宁波出版社

2016年4月,《蓝军越过防线》(百年百部中国儿童文学经典书系李建树卷儿童文学短篇小说集),长江少年儿童出版社

李建树获奖目录

1980年7月,优秀共产党员,中华人民共和国第一机械工业部青海重型机床厂

1984年10月,《梁山好汉们》(儿童文学短篇小说),1984年青海省庆祝建国三十五周年文艺作品评奖中荣获青海省优秀文学作品奖

1985年5月,《蓝军越过防线》(儿童文学短篇小说集),《儿童文学》优秀作品奖首篇

1986年5月,《走向审判庭》(儿童文学短篇小说集),《儿童文学》优秀作品奖

1986年6月,《走向审判庭》(儿童文学短篇小说集),青海省第一届文学创作奖

1987年8月,《走向审判庭》(儿童文学短篇小说集),(1985—1986)浙江优秀作品奖

1988年5月,《五美图》(儿童文学短篇小说),(1986—1987)宁波市优秀文学作品奖

1989年5月,《走向审判庭》(儿童文学短篇小说集),在"娃哈哈杯"读好书大奖赛中被全国读者评为"我最喜欢的一本书"

1990年5月,《走向审判庭》(儿童文学短篇小说集),(1988—1989)宁波市优秀作品奖

1990年7月,《五美图》(儿童文学短篇小说),(1987—1988)浙江省儿童文学优秀作品奖

1991年1月,《儿童文学研究》(论文),少年儿童出版社优秀论文奖

1991年7月,《报复行动》(儿童文学短篇童话故事),1991年全国新故事、新童话征文大奖赛三等奖

1991年11月,《旺堆的世界》(儿童文学长篇小说),1990年度宁波市文学艺术优秀作品二等奖

1992年8月,《旺堆的世界》(儿童文学长篇小说),(1989—1990)浙江省第六次优秀儿童文学作品奖

1993年1月,《老屋》(散文),1992年华东地区"海螺杯"散文大奖赛二等奖

1993年2月,《走向审判庭》(儿童文学短篇小说集),第二届(1986—1991)全国优秀儿童文学奖

1993年5月,《生命诗篇》(儿童文学短篇小说),海峡两岸少年小说、童话征文佳作奖

1994年1月,《外面的世界》(儿童文学长篇小说),(1990—1992)浙江省优秀文学奖

1994年1月,获宁波市人民政府颁发的宁波市有突出贡献科技工作者称号

1995年5月,《快乐大院的故事》(中国幽默儿童文学创作丛书长篇小说),(1993—1994)宁波文学艺术作品奖

1995年6月,《心理跟踪器》(短篇童话),(1993—1994)

第四届《中国少年报》文学奖

1995年8月,《外面的世界》(儿童文学长篇小说),(1991—1992)浙江省第七届优秀儿童文学作品奖

1996年2月,宁波市第十届人民代表活动积极分子(宁波市人民代表大会常务委员会颁)

1997年2月,《李建树儿童文学作品选》(儿童文学中短篇小说集),1995年度宁波市"五个一工程"优秀作品奖

1997年5月,《李建树儿童文学作品选》(儿童文学中短篇小说集),(1995—1996)宁波优秀文艺作品一等奖

1997年8月,《快乐大院的故事》(儿童文学长篇小说),(1992—1994)浙江省第八届优秀儿童文学作品奖

1997年11月,《李建树儿童文学作品选》(儿童文学中短篇小说集),(1993—1996)浙江省优秀文学作品奖

1998年10月,《高一新生》八集电视剧(由《金十字架》长篇小说改编),获浙江省电视剧"牡丹奖"中篇一等奖

1998年10月,《高一新生》电视剧(由《金十字架》长篇小说改编),获第十六届中国电视"金鹰奖"

1998年11月,《高一新生》电视剧(由《金十字架》长篇小说改编),获第十八届(1997年度)全国电视剧"飞天奖"少儿电视连续剧二等奖。

1999年5月,《共建港城》(长篇报告文学),(1997—1998)宁波市优秀文学作品奖

2000年2月,《校园明星孙天达》(中国幽默儿童文学创作丛书),第九届上海市中小学优秀课外读物一等奖

2000年3月,《校园明星孙天达》(中国幽默儿童文学创

作丛书),第十届冰心儿童图书奖和第四届全国优秀少儿图书二等奖

2001年1月,《校园明星孙天达》(中国幽默儿童文学创作丛书),(1997—1999)浙江省优秀文学作品奖

2001年5月,《校园明星孙天达》(中国幽默儿童文学创作丛书),(1999—2000)宁波市优秀文艺作品创作奖

2001年6月,《一种忧虑》(随笔),在第十一届中国新闻奖报纸副刊作品复评暨2000全国报纸副刊作品年赛中获铜奖

2003年11月,《校园明星孙天达》(中国幽默儿童文学创作丛书),在全国第三届"蒲公英奖"少儿读物类评选中获银奖

2004年5月,《石沉大海》(校园推理儿童文学长篇小说),(2000—2002)浙江省优秀文学作品奖

2005年5月,《越说越近》(散文集),(2003—2004)宁波市优秀文艺作品创作奖

2006年11月,《高一新生》(儿童文学中短篇小说集),(2003—2005)浙江省优秀文学作品奖

2009年7月,《真情少年》(儿童文学长篇小说),2008年度浙江省"五个一工程"奖

2009年7月,宁波市儿童工作先进个人荣誉称号(宁波市人民政府妇女儿童工作委员会颁)

2009年8月,《真情少年》(儿童文学长篇小说),(2006—2008)浙江省优秀文学作品奖

2009年10月,《真情少年》(儿童文学长篇小说),2009年

度浙江省出版最高奖"树人奖"

2016年1月,首届"宁波中华文化人物"(宁波人民政府中华文化促进会颁)

后　记

　　当代儿童文学作家经常在讨论和思考得最多的一个问题是：

　　"如何写出能让少年读者喜欢又感动的校园小说？"

　　自从二十世纪八十年代自己因无意间的冲动写下几篇儿童小说作品而成为一名儿童文学作家之后，我开始陷入被旺盛的儿童文学市场需求所掀起的阅读推广及创作研讨之类的会议和活动之中。

　　这将我这个原先只在工厂企业安安静静地熟悉新产品技术参数、完成重型机床产品设计的主任工程师推向了从未涉足过的文学圈，让我沉浸在特别的新鲜兴奋和别样的疲惫忙乱之中。

　　记得那年在北戴河出席《儿童文学》杂志社举办的暑期笔会，与王左泓、常新港、周锐等人先下海游泳，游够了之后就坐在一起探讨接下去写什么和怎么写。记得那次笔会上我交出的稿子便是小说《蓝军越过防线》。此作发表后还真产生了很大影响。于是，本地的一些高校、中小学开始不时来邀我去出席座谈会或参加签名售书、赠书之类的活动。正是在与学生们的交流互动中,一名初中女生向我做的一场哭诉激发了我的创作灵感。

一个关于反映"伴读"少年生活的校园小说的构思,突然在我的脑海中闪现:那是一男一女两个初中学生,他俩没有移民美国或加拿大,只是不愉快地生活在国内的某个大城市里,小女生因家庭不和而不得不采取逃离大法,由其小表弟陪着离开大城市到一所乡镇中学去继续他们的"伴读"生活。

这是一个来自生活的真实故事。它有着开头所提到的能感动今天少年学子的生动细节。一个女孩子会平白无故地在我这个与她没有任何亲缘关系的、仅仅是一位"儿童文学作家"的成年人面前哭得稀里哗啦,她的内心肯定埋藏着无处宣泄的故事。当然,她所讲述的种种细节还有赖于我进一步丰富、补充和编结。但它就这样开始在我脑海中慢慢形成一个完整的少女成长故事。这故事开始时难免单薄,但它却像一粒埋在土壤中细小而饱满的种子,地母给了它温度和汁液,它自然会很快地在大地里苏醒,然后发芽拱出地面挺起身子,开始慢慢地生长。俗话说,"有秧不愁长,只要好好培育它"。

它发芽之后拱出泥土成为一棵嫩苗的标志,是我写出的以《伴读记》为名的一则短篇小说稿。我将它发给了上海的《少年文艺》编辑部。此稿很快被刊发在2003年第二期的《小说新作》栏目中,转而又很快获得了《少年文艺20年精品佳作权威选本》的选载。我被这一连串的好运搞昏了头,于是一厢情愿地认为一定是这篇小说的构思和情节的确有特别打动人的地方,所以能这么快被《少年文艺》采用,接着又能被他们那种

"高大上"的"权威选本"选中再度刊发。

因此,我心里就一直想着继续培育这棵嫩芽,期待将它育成一棵枝叶相对茂盛一些的嘉树,把它扩展深入下去,写成一部长篇小说。这期间,恰好遇到宁波市文联为繁荣创作而要求本市作家申报重点创作项目的机会,我也顺势而为,将构思中的这一部校园小说报了上去。

三十多年来,我始终执着于儿童文学创作,尤其想再度尝试中长篇小说的构思与写作。儿童文学是我终生追求的目标,自我初试成功后,就认准了这个目标,并一直坚持着继续前行。这或许就是当今人们常说的"不忘初心"吧:自己认准的目标就一定要坚持去达到,自己选择的道路就要奋不顾身地走下去。心中有梦,就要努力去实现。我心中的那个梦,往大里说是"文学梦、中国梦",往小里说就是儿童文学梦,也即"做最好的儿童文学,为全中国三亿小读者提供最适合他们阅读的童书"。

回想刚过去的那几年,我除了在报刊上发表一些散文、随笔之类的报刊"时文",已经有较长时间没在儿童文学园地里露脸了。如果将这段时间的滞留和停顿看作自己在儿童文学写作上的沉潜,那么沉潜之后的日子,就应该更加清楚自己在儿童文学创作之路上的走向,然后生气勃勃地再出发。

促成创作这一长篇小说的另一因素,是当年《伴读记》在《少年文艺20年精品佳作权威选本》选载时,在文末还特别附发的评论家金马所写的一则点评。该点评的着重点是:

"小说作品中叶小青这个人物外表柔美,内在性格却表现出复杂的多重性:理智、冲动;内心向往爱,却以恨的外表出现;既希望受人尊重,也想获得表扬或荣誉,却又散漫、任性、爱串门、爱听同学八卦等等。她的性格中呈现出一个少女成长中矛盾的多重性。"

的确是这样,作为矛盾焦点的叶小青,她与继母、父亲、任课老师,甚至与陪她读书的表弟刘大柱之间都有矛盾。认真地书写这些矛盾的产生和发展,就有可能让一个鲜活灵动、多重立体的当代少女形象站立起来。

几千字的短篇,的确很难写透叶小青这个人物的方方面面,而通过长篇小说叙事则有可能将这样一个成长中的当代少女形象丰满地呈现到读者面前。

我是一个在儿童文学创作上非常认真的人。我的每一部作品,无论是长、中、短篇小说的创作,还是书评、导读之类的随笔小品的写作,都来自自己仔细的阅读和长久的思考,并在动手写作之前再做较长时间的酝酿。就如这一部《新生叶小青》,自从有了将其写成一部长篇的念头,我的心里就一直在考量,并一直在做相应的案头准备工作。

这期间,我还一直关注着当前有关儿童文学的创作与出版,有关市场与评论的动向。特别是2016年4月4日那一晚,从博洛尼亚儿童书展传来了曹文轩获得2016年国际安徒生奖的消息。这的确是一个令人十分震惊和高兴的消息,就如中国作家协会副主席、中国儿童文学创作委员会主任高洪波所说,曹文轩的获奖象征着中国儿童文学作家和中国的儿童文学在世界格局中有了自己的一席之地,对文化自信的倡导具有实质性的意蕴,对提升社会各界对儿童文学的关注非常必要和及时。

后　记

　　这当然会带来中国儿童文学作家对自己创作思考的进一步深化。我注意到新华书店的货架上出现了越来越多的被称作"绘本"的童书,面对这么多印刷精美的图画书,我也产生了怀疑:既然大部分学生和家长只关注那些简单易读图画书,那我们这些作家们再费心劳神地码字写长中短篇小说和童话还有必要吗?

　　我认为还是有必要的。因为人是在不断成长的,当孩子们能用掌握的3500个常用字去阅读文学书籍时,他们马上会感觉到,通过阅读文字所得到的那一份宁静与舒适,在浏览图画书和视频图像时是得不到的。同时,因为专心阅读书籍而得到大人意外的鼓励和爱护也是一份难得的享受。因此我认定,人类是丢不下文字的。再深入一点说,我们起码应该有一份这样的自信,即人类从图像进化到文字,就绝不会再从文字退化到图像。再说,中国文学的传统向来是强调文学性的。就如著名评论家、中国儿童文学研究所所长方卫平教授在"2017中国童书新风尚"上所谈到的:"图画书既然是文字与图画共同叙事表意的特殊文体,我们理解它的文学性也应是同时包含文字与画面艺术的文学性,是文图合作中的文学性,这也是图画书特殊的文学性。受传统文学观的影响,我们容易把图画书的文学性理解为文字部分的文学性,而把插图部分作为非文学因素,这其实是不全面的。某种程度上,它也是图画书艺术观不够成熟的表现。"对图画书的艺术性来说,文字与画面是一样重要的。想明白之后,我就又兴致勃勃地投入了写作。

　　为进一步表达叶小青这个女生的成长经历,要写出她的善良和聪颖,她的悲悯情怀和她曾遭遇的痛苦经历和重获新生,进而走上"五优"之路的一段不平凡的人生经历。这就需要较多的文字,通过编结大量的故事来表达。我本人看小说时就特别醉心小说里的生动故事,所以我写小说时也特别重视编故事。一部没有生动故事情节的少年小说是不能让少年读者拿起来就放不下的,他们也不会为小说里的人物遭遇叹息或流泪。

这部小说里的一则则以叶小青主导或围绕她展开的故事,都是在刘大柱与叶小青伴读期间和转学之后发生的。他们返乡时与乡下孩子一起在龙潭溪边的大青石下野炊,以及在洛镇中学参与校民共建活动中涌现出来的教育故事等等,都非常生动和生活化,并充满少男少女欢乐相聚在一起的情趣,相信一定会让读者喜欢。

感谢美妙的文字,让我能这么明白流畅地表达出叶小青这个初中小女生所具有的悲悯情怀与爱心,同时也传达出我对这个人物的爱怜和祝福。

2017年6月20日记于宁波